U0037587

胡昭安　　海洋公民基金會董事長

澎湖出生，讀過馬公國小、馬公國中、馬公高中、台灣大學

專長是「說話」、「交朋友」、「認識動植物」

曾當過動物藥品業務

目前主業是年資超過二十年的南山人壽區經理

平時除了陪伴身障女兒與家人之外都在混社團

主要頭銜有：混障綜藝團顧問、台北市澎湖同鄉會常務監事、仁愛扶輪社前社長、扶輪 3522 地區 2022-23 年度一分區副助理總監

在妳認識世界之前

先認識老爸的33個故事

胡昭安 著

此書獻給我生命裡最重要的三個女人

推薦序

可以跟你們拍張照嗎？

國際扶輪 3522 地區前總監
艾福管理顧問股份有限公司董事長
林華明

二〇二二年騎車環島第七天，上午由知本出發往池上前進。中途挑戰鹿野高台，騎得氣喘吁吁，到達最高點後把車放倒，人也在一望遼闊的大草原上躺平。休息後迎著太平洋鹹濕的海風下滑到平地，中午大夥吃過美味客家菜，又上車繼續前行。

進入花東縱谷南端，關山平原在眼前展開，金黃色稻田從四周逐漸湧現，熟悉的稻穗香味與熾熱陽光下的柏油路焦味，混成我屏東老家的味道。騎車環島由北逆時針騎行，由西部南部繞到東部後山，在這裡才找到原鄉的感覺。

在關山，關山工商的師生們準備了手工餅乾蛋糕茶水飲料，還有美妙合音原住民歌唱，歡迎我們車隊二百多人。這裡是台北仁愛扶輪社長期贊助及支持的學校，提供教學設備及實習器材，讓東部的孩子學有一技之長，他們相信只有教育才可翻轉人生。

在這裡看見了昭安，他是仁愛社前社長，也是這個社區服務的重要推手。滿懷關山工商師生們的熱情，及聖十字架療養院修女們為我們車隊的祈福禱告，車隊再出發往池上前行。

在校門口，我才看到昭安及夫人亞薇，還有坐在推車上的渝緹。原來他們一家三位從台北特地開車來迎接我們，緹媽與緹仔在車上休息，緹爸——昭安則到禮堂與我們車隊一起。意識到他們三位時，我已隨車隊前行約五十公尺，急忙折回，看著他們三位，像望著心儀已久的偶像，「可以跟你們拍張照嗎？」

與昭安在扶輪社相識，一直是他家庭生活、關愛澎湖環保與親友互動文章分享的追隨者。他的文章沒有太多華麗辭藻、沒有太多雕飾，是真實有血有肉有溫度的人生描繪。

喜歡昭安在書中寫對母親的思念，逆風而行的慈母載著幼子看診後，奮力踩踏騎車回家的畫面。與親友們的親情及友情，有奶爸奶媽的慈愛照護，有與同學好友之間不分彼此的互動，這些種種似乎種下他心中關懷他人，最溫暖柔軟的苗種。

澎湖純樸的風土人情，人與人之間彼此關懷親切互動的真情，是昭安心中苗種逐漸茁壯的養分，他曾經是各方面表現優異的學生，考上台大相信是鄉里間人人讚頌的佳話。但在台北的混沌生活中，起起伏伏後，似乎迷失在大都會的他，因緣際會投入「海洋公民基金會」

開始回饋鄉里，為維護澎湖的環保盡一分心力。發現昭安這位暖男大叔，心中永遠住著沒有長大的洛克人，及那位愛養小動物的溫暖澎湖男孩。

照顧重度腦性麻痺的渝緹，昭安不避諱的描述他們家庭生活的困難挫折及適應的心路歷程。他們家三位國內國外旅遊，用推車、用手抱、用肩扛，讓有行動障礙的緹仔，享有一般小孩該有的歡樂。書中描繪與緹仔的相處之道〈陪伴緹姐的N種方式〉，似乎道盡為人父母最尊貴的慈愛最卑微的心願。昭安用輕鬆的筆調寫，我卻讀得肅然起敬。

喜歡昭安書中帶給大家已久遠的原鄉味道，那裡充滿親情及友人間互相關懷打鬧的呼喚。下次再看到昭安他們全家三位，我還是會忍不住的說：「可以跟你們拍張照嗎？」

推薦序

陽光下的愛

國際扶輪 3523 地區前總監
雅晨傳播有限公司總經理
阮虔芷

認識昭安是因為同是國際扶輪 3520 地區的扶輪社社友，他擔任台北仁愛扶輪社社長時曾邀請我去演講分享，後來也常常會在 Facebook 上互動，慢慢得知他有一個特別的女兒。

我們同是偏鄉遊子，從海的那一邊離島澎湖過來，非常巧的是，我與昭安從國小、國中、高中，都同一所學校，也前後獲得馬公高中傑出校友殊榮，這真是一個特別的緣分。我們兩個人的成長背景相似，所以我清楚在那個小島成長的困頓，以及隻身離鄉打拼的辛苦，他竟然能考上台灣大學，那更是難上加難。事業有成後工作之餘，他擔任公益團體扶輪社的社長、同鄉會副理事長，更因關心家鄉海洋生態，而成立海洋公民基金會任董事長。

這些年來，我默默觀察，除了前面所述的豐功偉業外，他更時時關心澎湖地方上需要的資源，不斷的從台北找資源送回故鄉。這一次，他把他的童年，與母親的親情相處娓娓道來，讓大家知道他的人品特質如何養成？故鄉給了他什麼滋養？就此也讓我回想起在馬公的童年與青少年時期。故鄉、家庭給了我們那麼多的滋養，讓我們在社會競爭過程中能夠乘風破浪。

去年因為我想透過國際扶輪的全球獎助金計畫(Global Grant)幫助澎湖離島，我第一個想到要找的人就是昭安，除了因為我跟他熟稔之外，最主要我知道他對事的熱情，願意為故鄉做無私的付出。昭安在知道我的想法後，很快就找了澎湖的扶輪社與台北有澎湖同鄉的扶輪社，由於他的登高號召，最後成就了一個提供七美離島牙科醫療提升的案子。我們當然不會就此畫上句點，已開始準備下一站——「望安鄉眼科遠距醫療」。不是要強調我們為故鄉做了什麼？而是要感謝島上的風、島上的太陽，鍛鍊了我們心智，讓我們在長大後有了回饋的能量。

這本書在初稿完成時，我即用一個晚上全部讀完，它像電視連續劇一樣，讓我想繼續看下一集。內中除了有我熟悉的場景之外，引人注目的是，在書中我看到了一位嚴格又深具愛心的母親，如何用慈愛來教育孩子，如何以身教來影響孩子，從一個清潔工作人員，一路奮進，考上正式職員，我們上一代的環境，這是何等的困難。

女兒出生後才是彰顯昭安的耐力與毅力的開始，他永遠正面的面對所有問題，女兒雖是重度腦性麻痺患者，但他永遠帶著女兒走在陽光下，甚至還推著女兒參加馬拉松路跑。他只盼女兒未來好好活著，只求自己可以多陪伴女兒。女兒的出生時如晴天霹靂般，對全家的生活有著翻天覆地的影響，其後父母同時罹患癌症，女兒與父母不斷進出醫院，昭安不以此為苦，他感恩上天，讓他有機會陪伴父母走過最後的日子，也感恩上天，給他一個不一樣的孩子，讓他學習如何做一個不一樣的父親。

文中他說自己只是一個八十五分的爸爸，但在我的眼裡他不但滿分，還是一個一百二十分的好爸爸。我真心覺得，即便不讀這些文字，光聽這些故事，就能確定這絕對是一本值得推薦的好書，因為他的人生十分精彩，卻也十分辛苦，可他卻甘之如飴。無畏命運捉弄，是一位值得大家效法的榜樣。

推薦序

禮物

混障綜藝團團長
劉銘

恭喜昭安「終於」出書了。

為什麼說「終於」？因為昭安出這本書的目的，是為了送給自己五十歲的生日禮物。然而事與願違，先是安排了寫手來代筆，後來還是回到自己來寫，能夠自己寫當然是最好的，不論文筆好壞，都是自己和心靈的對話，將走過心路歷程的喜怒哀樂、酸甜苦辣，最真實的呈現出來。

再來就是受到疫情的攪局，使得出書的時間一延再延，延到過了五十歲。但不管幾歲，禮物就是禮物，它的心意與價值是不會被抹滅的。

我跟昭安是有些「親戚」關係的，我弟弟的太太，是他太太的姊姊，說得簡單一點，他是我弟弟的「連襟」。加上他的女兒渝緹是位腦麻的患者，和我同是身心障礙者，所以又多了一分惺惺相惜。我心想，能夠為他做些什麼？

這些年來，發覺不是我為他做了些什麼，而是他為我做了些什麼。他是我所創辦帶領「混障綜藝團」的顧問，不時地引進資源，為混障團帶來演出的機會。本團離島之中，去過最多的地方就是澎湖，大部分都是昭安安排的，包括我們家族到澎湖旅遊，留下許多美好的回憶，也是他帶隊擔任導遊。因為澎湖是他出生的故鄉，對他來說，再熟悉不過了。這幾年來，他又接下了「海洋公民基金會」董事長一職，更是具體地回饋鄉里。

不得不說一下我和他的一些「祕辛」。多年前，有一位扶輪社的老朋友，邀請我入社，即使我婉拒了多次，仍抵不過他不死心地盛情邀約。有一次，該社舉辦的餐會，我請昭安陪同我前往，直接向那位老朋友引薦昭安，表示昭安比我更適合參加扶輪社。

事實證明，他真的比我更適合參加扶輪社，在這個社團中，他表現得十分活躍，不到幾年的時間，就當上了社長，現在是一分區副助理總監，這個社就是「台北市仁愛扶輪社」。看得出他適得其所，因為在這裡他交到了許多好朋友，過得很愉快，所以他願意花許多時間在其中，這裡已成為他的生活重心之一。否則，他可能會花更多的時間在喝酒。

說到喝酒，再爆一個「祕辛」。昭安和他的太太亞薇，臨睡前都會小酌一番，所以常常會看到，他在臉書上貼出晚上喝的是什麼酒，難怪混障綜藝團的尾牙，他每年固定都是送酒。試想，面對一個重度腦麻，完全無法言語行動的孩子，生活起居都需假人之手，台大醫學院畢業的亞薇，放下了工作，幾乎全天候的照顧女兒，她從來沒有好好的睡過一個「飽覺」，三不五時地要面對女兒發生的各種狀況，有時候生病、有時候大哭大叫、有時候三更半夜不睡或凌晨天未破曉就醒過來了。可想他們夫妻所承受的壓力，就藉著小酌來放鬆紓解，所謂「何以解憂，唯有杜康」。不過，若是昭安錯過了小酌時間，在晚上的應酬中先喝醉了，回到家可要接受老婆「罰款」的處罰，而且罰款的金額，會隨著醉的程度有所不同。哈哈！

能夠自己送給自己一個想要的禮物，是一件幸福的事情，尤其這個禮物是花錢買不到，必須透過努力和時間的累積，這個禮物就更顯得彌足珍貴了。其實，昭安不只是送給自己禮物，也送給許多人禮物，混障綜藝團就是受惠者之一。

作者序

昭安的故事

有一天，金山寺的佛印了元禪師與大學士蘇東坡在郊外散步，看到路邊有一座馬頭觀音石像，佛印立刻向前合掌禮拜。

蘇東坡突發奇想地問：「觀世音菩薩本來是我們禮拜的對象，為什麼他的手上也拿著一串念珠？他好像也在合掌念佛，他拿著念珠究竟在念誰呢？」

佛印禪師說：「這要問你自己。」

蘇東坡說：「我怎知觀音手持念珠念誰？」

佛印禪師說：「求人不如求己。」

意思是，念觀音、求觀音，不如自己做個觀世音。

（故事出處：星雲禪話——求人不如求己）

從二〇一一年出版了《渝緹的奇幻之旅》的一家三口故事後，在十年間自印自銷自送也大約印製了八千本。前年開始，由於自己年近半百，開始有了一些人生危機感，本來是想找寫手作家，幫我寫出我從澎湖小島海軍醫院出生到五十歲生日，這半世紀的有趣驚險刺激峰迴路轉的故事，然後在二〇二一年七月十一日生日那天發表。無奈造化弄人，疫情與一些不可抗力因素，出版社與編輯要求我自己寫，比較有我的獨特風格與趣味。

所以，先把之前因澎湖文化局邀稿而生的胡媽媽故事幾篇收入，再把之前臉書網誌上的文章加深加長，編輯還是覺得字數太少，簡單說就是——我唬爛了那麼多有趣的昭安故事，怎麼變成文字都少少一點點。只好在編輯指揮下，一篇篇從我童年、就學、青春期、高中、大學、服兵役、出社會、結婚、生出女兒、變成南山經理、扶輪社員、故鄉海洋公民基金會董事長、扶輪社分區副助理總監……開始寫。

我其實很難靜下來寫作，我都在網路上交朋友、辦公、服務客戶。所以，許多文章，都是先構思，有大綱後，到辦公室再請助理打字。我可以邊想邊聊，才能強迫自己產出文字。並非自己有多少了不起的成就，只是單純想分享故事，也讓大家知道我生命中的貴人們，從我的母親父親、兄姊、老師同學們，到服兵役的長官、出社會後的客戶與扶輪先進前輩們……。感恩每個出現在我生命學習旅程中的人。

我常常在拜拜，除了按節日、忌日，祭拜胡家祖先與父母，也拜公園中的土地公、碧山巖的開漳聖王、澎湖天后宮的媽祖與澎湖觀音亭的觀世音菩薩。最讓我覺得有支持力量的是南方澳的昭安宮，主神是中壇元帥——三太子哪吒。想到多年前一個因緣，也讓我開車去台南大內搶救一尊九龍太子神像回台北。與太子爺特別有緣分。

從高中就愛讀蘇軾的詩詞、蘇東坡的傳記，當然也對佛印與東坡居士的故事熟知。我想神明會保佑誠心努力的人、會保佑孝順有愛心的人。每當我去到昭安宮拜拜，心中都很平靜，也不斷省思自己有沒有好好生活，有沒有照著母親生前交辦做事。我拜拜不只在祈禱，也在求神明讓我有足夠智慧面對女兒的狀況與一切的挑戰。

當一個兒子我大概有達到八十九分。
當一個爸爸大約有八十五分。
當一個南山人壽的經理大約七十八分。
但是當老公我差了一些，頂多六十一分左右。
但是當一個扶輪社員，我自認有八十八分。
當海洋公民基金會董事長大概有八十七分。

當初，我在馬公東甲老家出生時，按照輩分本來要取名「以安」，但是鄰居阿婆突然出現，說「安」很好，但是中間字就不要照輩分的安排，要用「昭」這個字。我從出生、取名，都有貴人相助，也造成我不太一樣的個性與人生。昭是明亮的意思，安是平和穩定的意思。我一直努力著，為家庭、為社團、為故鄉做點事情，讓自己的小小光亮，溫暖家人與鄰里，如此而已！

前言

女兒，爸爸跟妳說

我曾經在妳出生前是有些想法的。

本來我希望妳是個男孩，因為我老母，妳奶奶，可能比較喜歡男孩。然後男孩最方便的是可以拉下褲頭隨處尿尿，這比較方便。後來妳還在媽媽肚子裡時，很喜歡吃漢堡王，我就覺得妳應該是大口吃肉的女漢子。我開始幻想要把我身上的絕世武功教妳一些。

澎湖曾經演講辯論都第一的爸爸，想教妳說話。

澎湖曾經數學競試第一的我，想跟妳一起算數學解題目。

澎湖馬公高中撲克牌魔術社創社社長，想教妳變魔術。

澎湖少見的業餘動植物觀察者，想帶妳認識有趣的大自然。

後來妳出生的瞬間，似乎彗星撞了地球，抑或是誰在生死簿動了手腳，把妳的誕生過程，搞得差點要了妳們母女的性命，爸爸的心願在醫院的等候區外，瞬間就全改了，只求妳還活著，可以讓我們陪伴妳。

曾經想說妳可以慢慢學會走路，妳只在水療課學會游泳。

曾經想說妳可以簡單講一些話，妳只學會不耐煩時狂叫罵人。

曾經希望你在學校裡交些朋友，妳卻只想要爸媽一起陪妳出去走走。

這些故事、這本書，不只是爸爸五十一歲的禮物，更像是妳二十二歲，爸爸想要講給妳聽的故事。我從不會要求妳達成什麼目標，我只想要妳心情好一點、偶爾笑一下。但是請原諒我是個愛說故事的中年男子，想對豆蔻年華的女兒說些典故、說些年少趣事，妳聽不聽都沒關係，反正寫了再說，乾脆出版有聲書在車上播放好了。

妳很特別，跟妳爸爸一模一樣，我們都是地球上難得的奇人異士。寫些妳我的故事，有些可能沒全部經過妳同意，請原諒我。只要地球繼續轉動，太陽還有升起，我們一家人還是會努力活動，因為妳實在是太早起了！

女兒，我跟妳說：

「有妳來我們家，實在是太神奇了！」

目錄

那些曇花一現的動物們

洛克人

人生總會有低谷

一輩子的好朋友

人生海海，澎湖最海

壞脾氣

好人緣

給二十二歲女兒生日的一封信

我的寶貝女兒渝緹，妳出生在二〇〇〇年的國曆二月／農曆年後元宵節前，也差不多在現在這個時刻。由於不可考也無法追究的某些原因，妳一出生就開始吃盡苦頭，不像一般剛出生的孩子可以躺在嬰兒房裡，而是要在醫院的新生兒加護病房，身上插滿了各種管子受盡折磨，未滿月時醫生就說妳很有可能會是極重度的腦性痲痺兒。

這些年來，妳卻比阿公阿嬤外公外婆爸爸媽媽都努力堅強，克服一次又一次難關存活下來。有好幾次我都怕妳要去天堂了，但是在台大醫生們的幫忙與媽媽無微不至的照顧下，妳現在可以穩定的生活，讀了特殊學校的小學、國中、高職部，畢業後，只在家多休息了兩個月，就直接進入台北市政府委託辦理的長照身障者日托中心。

雖然，外人無法理解妳的體型怎麼那麼小？怎麼不會坐？脖子怎麼總是歪歪的？怎麼不說話？總是發出咿咿啞啞他們不能理解的聲音。其實也無所謂呀！不懂妳的人實在太多，我們也不太在乎——畢竟有耐心又體貼能夠真正理解妳的想法的人太少。

妳的脾氣暴躁又沒有耐性，跟妳爸爸完全一樣。只是妳老爸受過嚴格社會磨練有學習忍耐與調整。妳的面容白皙又清秀可人跟媽媽一模一樣。而且二十年來只有臉型稍變其他都沒有留下歲月痕跡，只是稚嫩的臉龐多了許多孩子沒有的堅毅與韌性。

妳到任何地方都坐在妳的特製推車上，身為物理治療師的媽媽在妳成長過程每一階段無不費盡心力從採購到設計，把妳專有的小座騎調整到讓妳感到舒適安全的狀態。爸爸在十一年前也買了一輛新車，把第三排座椅拆掉加上升降設備，改裝成妳可以直接連車帶人進入專屬妳的小復康巴士內。

妳從小到大也有許多同學老師，但是妳最熟習喜歡的還是家人，其次是社區桌球隊員的叔叔、伯伯們。妳在網路上有大批的紛絲，雖然妳都不認識他們，但他們隨時也都在關注妳的動態。也可能有幾千多個人看過《渝緹的奇幻之旅》這本書。但是，大多數的人還是不太懂妳。

曾經在妳小學的時候，爸爸也想過，妳身體這麼的孱弱，會不會只能活到二十歲？可是等到把妳養到十八歲時，又覺得可以把妳養到三十歲。這是一種很複雜的心情，希望妳活得開心健康，但是這些生老病死都是上天的安排，人力無法決定，所以決定和妳、媽媽，三個人一起盡力遊山玩水，走遍各地，活在當下，繼續創造屬於我們的奇幻之旅。

妳媽媽在五十歲時已決定退休不再工作，因為照顧妳之外，還要兼顧巡迴學校物理治療師已經讓她無法負擔。長期的抱妳、轉位、照顧清潔也已經讓她的手指和膝蓋經常日夜疼痛不堪。

妳爸爸幸運地在妳出生前就找到一個時間有彈性的南山保險外勤工作，一做做了二十三年。這二十三年間，妳的出生，妳阿公阿嬤退休搬來台北，然後他們過世前的幾年都要常跑醫院，幸好妳爸爸時間超自由彈性，可以配合妳們的需要不停扮演救護車駕駛、看護和計程車司機等角色，還能維持不錯的收入。也許也是因為妳的關係，所以認識我們一家人的長輩、哥哥姊姊們都一直照顧著爸爸的生計。有時，接連幾個月也沒有什麼新進業績，但是每次半年評量總能安全過關，有時不小心還能完成公司競賽得到獎金。

在妳想玩的心驅使之下，我們一家人旅行過台灣各個縣市，澎湖也回去很多次，甚至澎湖的許多離島都有我們的蹤影。透過公主遊輪與友善的日本航空，我們的足跡也遍及日本。與同年紀的女孩來說，妳在台灣與日本所到過的地方應該不輸給一般人。

今年妳二十二歲，跟妳同屆的一般孩子要大學畢業了，正在為了就業升學出國感情等等問題而煩惱著。妳都沒有這些困擾，妳只想出門走走，並期待我每晚都不要出門參加飯局，都能帶妳下樓打桌球及開車帶妳出去夜遊。認真想想妳的要求並不過分，妳也不會跟我要錢買新手機，也沒跟我說要去英國讀書，也沒要我送一輛新車給妳當成年禮物，妳只是躺著一直盯著我，深怕我跑了出去。

因為妳實在是一個太與眾不同的孩子，爸爸和媽媽也因為妳有了這二十幾年奇異非凡的生命旅程。上天的安排永遠是我們無法預料的，身為妳的父母親，我們最大的期盼就是能好好繼續照顧妳然後活得比妳久一些！

妳還在媽媽肚子裡的時候，爸爸常常會吟誦李白的詩：「呼兒將出換美酒，與爾同銷萬古愁！」雖然妳沒有辦法幫爸爸去巷口買酒，但是現在網路十分便利，爸爸只要提前在手機或 iPad 點一下，酒就會送到社區來，妳最棒的是懂得一起品嚐，每當將好酒滴一滴在妳嘴上，妳小小的舌頭抿過嘴唇的神情是不一樣的，妳真的是妳爸爸媽媽的女兒！

爸爸對妳的生日祝福就是：「開心多一點，生氣少一點。」不管極端氣候、地震天災、病毒疫情，我們一家人都要在一起繼續開心地勇往直前。

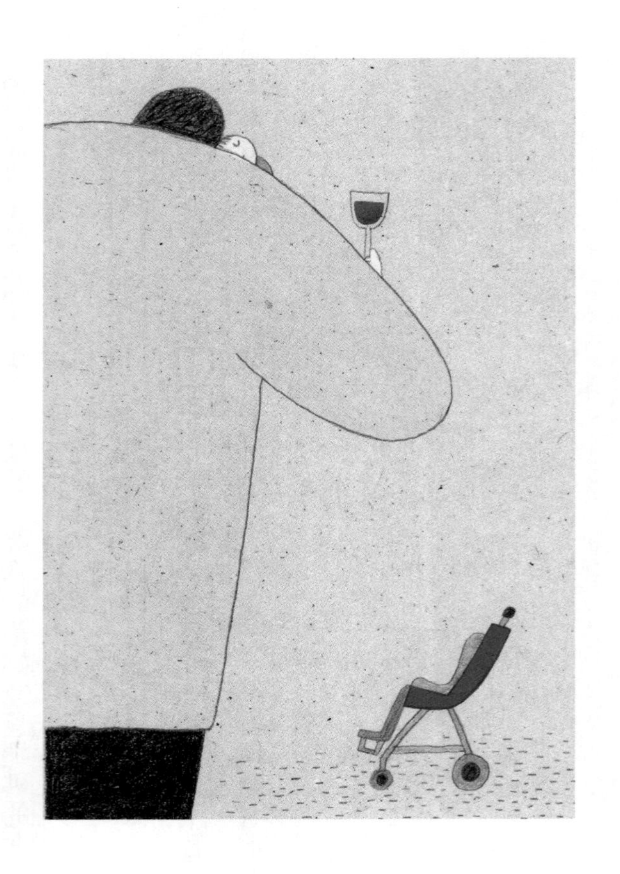

母親

想知道我們洛克人組織，
或許，應該先知道「前傳」，
就是妳那如神力女超人般的奶奶。

工友與大水溝

我的母親出生在日治時期的澎湖島上。因為時代動盪，外公外婆曾經帶著當時還是孩子的母親，與母親的兄弟姊妹們，渡海去高雄發展。直到母親從高雄河濱小學畢業後，外公外婆才又舉家遷回馬公。

印象中，外公與大舅、二舅都是電力專長，都在發電廠工作。外婆為了改善家中經濟，也在新生路經營小雜貨店。母親回澎湖後，據說是以全縣第七名的成績，順利考取馬公初中。不過，因為家裡弟弟妹妹相繼出生，所以母親念初中之餘，都要幫忙家務與農事。母親家中當時也有養豬來增加收入，所以放學後，都要去馬公街上的餐廳幫忙收集廚餘，回來餵養家中的豬仔。明明只有一百五十公分高的身高，每天忙碌於家務與農事間，做著粗重的勞力工作也不以為苦。

母親老年時跟我提起過，當時有一些同學會問她：「明月，妳身上怎麼會有一種臭味？」母親並不知道，自己每天去收集餿水餵養小豬，其實會在手上、衣服上，留下一種用肥皂洗也洗不掉的味道。但是她並沒有自卑，只想著上學之餘幫忙家事，減輕外公外婆的負擔。

三個男孩、五個女孩，總共八個孩子的大家庭，靠著外公、大舅、二舅發電廠的薪水與外婆的雜貨店，生活過得非常辛苦。初中畢業後，母親在沒有選擇的情形下，直接找工作賺錢。她的第一個工作是在仁愛路上的龍宮戲院賣票。當時的馬公街頭，有五、六家電影院，很多的駐軍放假就會到馬公看電影。當時曾經發生過一件讓母親後來講起來都心驚膽跳的事——有一天，電影院票賣完要結算現金給老闆時，突然發現現金不足，就算貼上母親的薪水也不夠賠。母親欲哭無淚，但幸虧她不放棄的個性，在把櫃臺表面找了一遍後將整個抽屜翻出來，才發現紙鈔整整齊齊地夾在抽屜後方，這才鬆了一口氣。離開龍宮戲院後，母親開始到澎湖電信局上班，從臨時工友的職務開始，一待就是一輩子，最後做到一級主管（政風室主任），退休時年資竟已經超過四十年！

剛開始，只有初中學歷的她，當工友日復一日的例行公事就是每天一早要清潔各處室角落的痰盂（那是舊時代的人口中吐出的穢物或是丟棄菸蒂的容器），把所有痰盂中的廢棄物集中後，拿到門口的大水溝倒進去，再任其自然地流入大海。每天早上，當母親在做這些清潔工作時，會看到許多以前的初中同學，穿著馬高制服，背著馬高書包，從西嶼搭船來，或是從南甲附近要走路或搭車去上高中，她卻是在做清潔痰盂的動作。當時她心中想著自己的成績這麼好卻因為要賺錢幫忙家計，在這裡當工友，不能繼續升學。電信局門口的一旁就是馬公商港，大水溝的盡頭就是大海，想到此處，常不自覺地想往大海裡走。幸虧她腦中父母與大哥大姊辛苦的背影，還有自己底下四個弟妹妹的身影讓她放棄這個念頭，只將眼淚往肚裡吞，繼續努力工作，

媳婦 Aki

母親與父親是青梅竹馬的表兄妹（外婆的大哥就是爺爺，爺爺是阿祖領養的），從小就認識，一起長大。母親從小乖巧勤勞又可愛，在長輩眼中一直是個未來好媳婦。奶奶在母親小時候常開玩笑說Aki（因為母親是農曆中秋節出生，所以日文小名是Aki，中秋的意思）一定要嫁給胡家當媳婦。

那個時代也許沒有什麼花前月下約會的浪漫。聽說結婚前，父親從電力公司下班，偶爾會特別繞到外婆的雜貨店門口找母親聊天。就這樣子，在長輩的鼓勵與期待下，胡家的次子在民國五十二年，娶了洪家的次女。

母親結婚時，剛開始是住在民權路東甲宮旁的大家庭裡。三層樓的房子裡，住了爺爺、奶奶、大伯一家、我們一家，還有三叔、四叔、五叔和六叔。一樓還出租給堂叔做生意。

母親一邊上班一邊也要幫忙大家庭裡的事務。哥哥姊姊陸續出生，幸好大家庭人手多，奶奶身體也還好，可以幫忙照料。所以，哥哥姊姊都是奶奶帶大的。直到我出生，奶奶年紀大了，母親才開始在住家附近幫我找保母。我的保母是母親在東甲宮的另一邊找到的一位李太太，最小的孩子當時已經十二歲，是一位中醫師的媳婦。先生在海軍第二造船廠工作，家庭非常單純也很注重衛生清潔。經過審慎的考慮後，母親決定把四個月大的我，白天送去奶媽家。

那個時代的職業婦女很少，能堅持工作並照顧好兒女，還要能夠符合婆婆的標準當一個好媳婦並不容易。舊時代很多的拜拜祭祀，都要依照傳統習俗，職業婦女並沒有很多時間可以琢磨烹飪技巧，再加上當時的環境條件，食材取得不易，種類也有限。母親為了要應付大家庭拜拜祭祀的傳統，作無米之炊，還特別報名參加電信局烹飪班，磨練自己的烹飪技巧。

雖然夾在職業婦女與大家庭的媳婦兩個角色中，印象中，母親與爺爺奶奶的相處，父親與外公外婆的相處，都是非常孝順，整個家族也是一團和睦。

民國六十四年，隨著大家庭人口越來越多的情況下，父母親才在光復路的巷子裡蓋了自己的房子。新家坐落在馬公市的中央地帶，往南走，可以回民權路老家；往東去可到外婆家雜貨店；往北是馬公國小；往西是觀音亭，交通還算方便。

搬到新家後，我們都陸續上學了。母親也終於能夠有一點點自己的時間，努力讀書參加電信局各項升等考試（雖然母親舊身分證的背面註記只有初中學歷，但是因為電信局有自己完整的升級考試制度，只要是正式員工，都可以靠努力工作與考試來升等）。這對母親而言，有兩個特別的意義：

一、可以彌補不服輸的她之前無法升學的遺憾。

二、看到比自己用功的母親，我們會更加努力。

就這樣，母親像隻領頭羊，帶著我們往前走。就在我上小學、國中、高中，到最後考上大學這四個階段的期間，母親已從一般的佐理員，連升四級成為政風室副主任。但是，隨著職位的晉升，家裡並沒有什麼特別的慶祝儀式，都是透過鄰居親友的言談中知道母親升官。而且，每到這種時候，家中氣氛都會變得非常詭異，不能特別興奮，還要小心不要提起，因為善解人意的母親擔心大男人氣概的父親受到傷害。而父親也都恰巧在母親升級前後的酒局特別多，喝得特別醉……。也許，當時的社會氛圍是以男性為主，然而父親一輩子都只是電力公司的小職員，所以每當同事好友揶揄他老婆又升官時，他一定不好受。母親說她從來沒有拿到過父親送給她的禮物。自己的生日或職場晉升時，母親都是自己去買件洋裝或一個小金戒指來獎勵自己。

洪主任

母親擔任政風室主管後，工作壓力與轄管業務都倍增。對她來說，比較辛苦的是出海巡視機房。在實施戰備演習時，還有發布颱風警報時，中華電信在所有有人居住的島上都有機房來維持離島電話正常運作，所以政風室要定期巡視機房維護是否正常。

夏季的澎湖航海舒適，但是冬天的東北季風造成的大浪就不是一般人能忍受的。小時候的印象中，常常看到會暈船的母親去離島定期巡視機房回來後，整個人癱軟無力的樣子。但是到目前為止，她可能是我們家族裡，上過最多離島的人。

遇到大的演習或是颱風警報，她要與縣長、澎防部司令以及各單位長官一同出席會議，確保澎湖對外通訊暢通。這些與會長官幾乎都是男性，母親常常是會議中唯一的女性主管。每每忙碌過後，母親就會累倒，必須去診所吊點滴，於是，演習或颱風警報、開會、吊點滴也成為當時她工作中的一種循環模式。

不知道是不是馬公街道不特別大或是母親身材特別嬌小，能夠游刃穿梭在職場和家務間。雖然工作忙碌，還是會每天煮飯。印象中母親可以在上班中午休息一小時內回家煮好午餐，再小睡二十分鐘後，再去上班。這都是為了每天五點準時下班的老爸，還有要補習的孩子們。

父親在我念幼稚園時，發生過嚴重車禍，導致膝蓋內必須放入鋼板固定才能緩慢行走，但無法劇烈運動。睿智的母親為了維持老爸的活動能力，讓他分擔家務當作復健。而父親生性儉樸，為了省水省電，會以水循環再利用的方式作居家打掃和衣物清潔，所以衣服也可能沒洗乾淨，地板可能也沒拖乾淨。母親得再利用其他時間重做一次。

父親服務的電力公司比電信局早三十分鐘下班。我念小學時會有半天在家，母親總會囑咐我在晚餐前幫忙加熱她中午準備好的菜餚，這樣大家才能吃到原本她計畫中的晚餐。因為如果是爸爸回家幫忙熱菜，可能四盤就變成兩道（父親覺得反正都是要入腹的，四道變成兩道並沒差別）。但即便工作忙碌，母親仍然在乎全家人吃的每一道菜。而我也在這種情形下學會殺魚、洗菜、煮熟食物。

母親有彈性的一面，不只可見於職場與家務間。每到農曆七月底拜拜過後或是平日，偶爾會有老爸的三兩知心好友來家裡聚餐。如果剛好遇到拜拜，有煮很多道菜就沒問題。否則，母親就會為了父親的面子，請真北平（當時附近最大的餐廳）外送幾道菜來家裡，父親就會把珍藏的酒拿出來，話匣子一下便熱絡起來。

父親不只省水省電也省話，不常跟我們聊天溝通。四個子女有事都是找媽媽商量。但是，小時候調皮偶爾惹怒老爸，他會隨手拿起衣架、水管或掃把打我們小腿。母親如果在現場都會緊急來擋，有時不小心打到她也沒聽過她吭一聲。

父親心裡一直到老，生活其實都很依賴母親，因為母親的愛，像大樹一樣，包容了他的大男人脾氣，處處為他著想。

逆風而行的 Aki 腳踏車

在母親過世兩週年的前一天，我和小學同學午飯閒聊時，他突然提起，讀小學時，住在文康市場周邊的同學中只有我家有鋼琴聲。這句話讓我想起，注重教育的母親即便是在經濟不甚闊綽，工作又忙碌的情形下，仍然會想辦法提供我們四個孩子足夠的教育資源。

記得家裡很早就有鋼琴，哥哥姊姊們都學鋼琴，大哥還學過小提琴，二姊還學過古箏。只有我沒有耐心學樂器，不是學到坐在鋼琴椅上哭，就是用手去撥開鋼琴老師的手，說我不學了。我也是家裡六口人中唯一不是合唱團成員的異類。但是，母親每年暑假一到就會問我要不要重新學起。

我從小字寫得潦草，母親也特地請北斗楊伯伯的外甥——陳大哥（時任澎防部軍法官），每週一次來家裡教我寫書法。沒耐性的我總是拖到最後一刻才去上課練習，一樣也學不好，總是半調子地寫著毛筆字。往後也只能羨慕王愷、宗仁、國楨和尚悌，這四位馬公國中四大書法才子寫的好字。

此外，母親每到暑假就會要我每兩天背一首唐詩。當時雖然覺得辛苦，但是現在回想起來，還好有母親當時的堅持，奠定了我的中文基礎與日後寫打油詩的能力。

體育更是我的罩門。幼時的我是個身體纖弱的孩子，每年中秋一過，東北季風一起，敏感的氣管便會痰多，時而氣喘發作。夜間有時無法入睡，母親就會帶我去打針。去診所的路是順風下坡，等到看完醫生打了針，馬公街上已經是杳無人煙的寒冬景象。母親騎著家中僅有的交通工具——腳踏車，沿著地勢南低北高的馬公市街道，背後背著癱軟無力的小孩，逆風而行。她只有一百五十公分高，不知道哪來的體力讓她能夠十幾年來，在下班後的暗夜狂風中，載著病弱的孩子往返奔波於診所和家裡。

被醫師診斷出過敏性氣喘，不能激烈運動，還必須長期服用類固醇，吃得臉都圓了。上國一後，氣喘仍然時而發作。這樣的狀況一直到國二暑假，母親請大伯督促我每天到觀音亭報到——晨泳，才把身體練好。從此，不需要再服用類固醇，氣喘也很少發作。

直到現在，我只要冬天走在馬公街上，就會想起母親的舊腳踏車，還有在她身後緊抱著她的瘦弱男孩。

在音樂、書法和體育都完全不行的情況下，母親並沒放棄我，只是要求我讀書考試能在全班前三名即可。果然老天爺是公平的，沒有任何才藝的我，國小考試每回都拿班上第一名。雖然上國中後只能考開成績單一看，數學只有四十分，我就跟母親說：「我只錯兩題，應該是一百一十分。」即使考上了馬公高中，不放棄的母親隔天仍然去學校了解成績紀錄出了什麼問題，我就在家等她回來。往返路程加上釐清問題的時間，兩個小時後，她拿著成績單非常開心地回到家告訴我說：「你數學真的考一百一十分！因為成績單是手寫，抄寫成績的老師抄到下一個同學的成績了。」接著，母親告訴我，她只是去拿回本來應有的成績，她也相信我的數學不應該只考四十分。因為母親即知即行加上實事求是的態度，我的總成績被還原成五百七十九分，全縣第四。她不因此停止砥礪我，甚至告訴我：「你能考到全縣第四可能是因為許多成績好的同學去台灣讀建中、北一女和雄中。要記得謙受益，滿招損。」要我更努力，三年後還要跟全國高中生比拚。

上高中後，世界一下子變得好寬闊。除了讀書外，學校社團種類和活動很多。我跟許多的高中生一樣，花了許多時間參與社團活動，參加各種比賽。這些經驗都是國小、國中時的我只能羨慕別人而不可得的。雖然當時母親常常因為我外務太多而煩惱，但是每當我有好的表現，例如：變魔術被登上《民生報》或是參加演講辯論比賽拿第一名，她一樣會提醒我「謙受益，滿招損」。我很感謝母親沒有阻止我發展社團，找到自己的專長，這些能力往後都成為我在職場、生活中最重要的謀生能力。

小時候，家裡總有一堆書籍跟雜誌是哥哥姊姊要求母親買的，有《牛頓》、有《光復兒童百科圖鑑》、《讀者文摘》系列文叢和一堆爾雅出版社的散文集。在我體弱的童年時代，一本一本地翻閱，不知不覺就養成閱讀課外書的習慣。而母親自己買的書到現在還有好多本在我的書櫃中。撫摸著這些枯黃的書皮，腦中總會浮出母親認真看書的樣子。

母親的教育理念很開明，每個孩子都能適性發展。雖然，我們一路走來跌跌撞撞，她也常被嚇得心驚膽顫，但是她從不對我們失去信心，一直用她自己的方式，耐心地陪著我們成長。在那個男尊女卑的時代，母親不會只看重男孩的教育，兩位姊姊出國讀書的學費也都是母親日常省吃儉用的積蓄負擔的。四個孩子人生的第一台汽車，她也都有補助。自己從來沒有物質生活上的享受，把累積起來的精華默默給了我們。

她用身教，孝順阿公阿嬤讓我們學習；在自己的職場上力求長進；對同事對朋友也都很熱情；總是默默支持捐款給社福機構，不論是台北或澎湖的。童年回憶中，每到大年初一、觀音菩薩聖誕或是得道，母親都會帶我去拜拜。特別是過年時，母親總會希望全家一起出動。她會特別準備許多銅板，讓我們每個孩子放一、二十個在口袋中。因為節慶時，乞丐們會來，時常會五六位一排在廟口乞討。母親會交代我們每個人都要給銅板，不可漏給，讓乞丐們不會覺得不公平。

所以，每當我們拜拜完，走下觀音亭旁下坡處，我就會先遠遠算好乞討人數，分配一下銅板。也許沒有多少錢，但母親給我們的身教卻是無價的——樂施也要顧及他人的自尊，讓大家愉快平和。而今，我能做這麼多公益服務，我想，都是從母親這細小的舉手之勞開始的。

病榻上的母親

母親在四十多歲時被診斷出罹患青光眼，我猜想跟她工作壓力與她本身的責任感有關。當時，都要特別搭飛機來台北找醫生看，而後也一直維持穩定沒再惡化。

父親在澎湖電力公司屆齡退休後，母親也在民國九十年提早退休，選擇陪伴他而不是堅持工作。本來以為他們可以來台北跟我們兄弟住在附近，彼此照應，安享餘年，萬萬沒想到他們兩老來台北後的很多時間都是在跑醫院。

剛來台北定居時，母親還很有活力，可以陪著大哥的兒子一起去在巷口的康寧國小當「資深愛心阿嬤」，假日也可以常常跟著我們全家一起出去玩。去林口榮達農場挖竹筍、去南崁找五阿姨、五姨丈或是去新店拜訪我岳父母，一起喝酒唱歌。

但是，沒有經過多久時間，父母親相繼各得了兩種癌症。父親比較幸運，手術後不用接受化學治療，在家慢慢靜養恢復即可。母親就非常辛苦，乳癌手術後必須經歷化療和放療，之後，又發現罹患大腸癌。在外科醫生建議下，母親堅強地接受了巨大的手術，從此，必須使用人工肛門。剛開始，因為沒有外籍看護幫忙，我必須每天早上起床就去幫母親換藥護理，接著幫母親做人工灌腸，洗出腸內前一天累積起來的糞便。父親看著我做這些事，時而皺眉頭、時而嘆氣。後來，開刀傷口都痊癒，只剩下例行的灌腸工作已經是術後六個月的事了，父親有一天告訴我他已經學會了，要我早上不用再一早去做這些事。

母親較晚年時，最辛苦的其實是放射線治療造成的膀胱炎，不定時出血，凝結的血液會阻塞住尿道，讓她痛不欲生。長期下來，母親練就了警覺性，在膀胱炎發作前就會預感要發作而趕緊打電話讓我陪她去三總急診。醫生會用膀胱鏡手術處理阻塞，再輸血給她。由於常常在晚上發作，體恤我的母親，不願在半夜叨擾我的睡眠，會讓我早點帶她去急診早點回家。

有時在醫院的急診或化療室等待的時候，母親會跟我聊自己的病情，她說她也沒什麼壞習慣，可能唯一沒有做到的是規律運動。其實很多疾病的發生並沒特殊原因，但是責任感重的她，在疾病面前倒下時，依舊在反省自己。

而母親倒下的這幾年，我和大哥並不因此需要背負龐大的醫藥和照顧費用，因為早在她開始工作、賺錢、養家的同時，勤儉持家，省下不少錢。也在我開始做保險業務員時，為了支持我，買了自己的醫療及防癌險。我想這不是單單用「愛」一個字能夠形容的。母親寬宏的愛裡，有的是滿滿的睿智和溫度。

當母親的狀況已經要進入安寧病房時，父親的身體狀況也急轉直下，竟然比母親早兩個星期離開人世。父親被宣布升天的那一刻，我們決定打電話給母親的主治大夫，在他的同意下，母親在病床上來到父親所在的加護病房，我們讓他們握握手。他們一起牽手四十八年，有四個孩子、七個孫子。

母親闔上眼睛的前一天，生命徵象已經無法靠藥物提升，眼神也無法聚焦，生命徵象卻仍隨著我們每一個來看她、跟她說話的人的話語起伏波動，久久不能斷氣。護士以她多年的經驗問我們：「母親是不是還有哪個親人沒見到，還有捨不得？」我立刻想到渝緹——我的女兒，她最掛心的孫女。我便立即回家載女兒到醫院看她。雖然當時她已經無法表達了，但是渝緹一到病床旁，母親的心跳波動了一會兒，隨即變為一條線……。

那晚，母親平靜安適地終結了這一生的勞苦，離開人世去陪伴老爸。

直到現在，每逢中秋月明時，母親穿梭忙碌於家裡外的嬌小身影仍在我腦中低徊不已——母親的中文名字叫「明月」。

那些曇花一現的動物們

知道嗎？
妳老爸應該是全台灣第一位，
在自己的房間裡，
成功養殖出福壽螺的小學生呢。

動物專家

其實本來是真的想去讀生物系或動物系。

從小媽媽怕我危險又擔心我身體不好，一直禁止我往外跑，怕我去海邊之類，我只好自己在三樓前後陽臺，養各種捕捉來或水族館買來的小動物。魚蝦蟹龜鱉鳥螺鼠蝴蝶幼蟲菜蟲……。

我的養殖動物史最慘烈的，是有一天大盆子中原本非常搖曳生姿的漂亮金魚，尾巴少了一大塊。我很生氣，決定處罰兇手。一開始以為是小鱉（十元買的）幹的，我一出手就把小鱉打死了。後來，金魚繼續受到攻擊，才發現是紅耳泥龜（五十元買的）做的好事。我雖然氣自己，但是又捨不得處罰小龜，當下發現自己的差別心。不知怎麼的，我一直記得這四十年前發生的事件，不斷提醒自己，不能再犯這樣殺生與偏心的事。

另外一件讓我大哥記憶四十年的事，是小學自然課楊子儀老師跟我說台灣引進一種名為福壽螺的外來種，還沒很多人養過，問我要不要試試。當時，非常興奮的我拿到小螺後日夜觀察當寶貝一般，不停嘗試各種蔬菜水草給牠們食用。牠們在魚缸中也非常適應的長大成熟，開始交配。只是，我沒想到牠們要爬出魚缸在乾燥地方產卵。當時，養螺的缸我放在書桌上，旁邊是訂做的大書架。有一天，我大哥把我叫醒，跟我說出事了！我起來一看，書架上出現晶瑩剔透粉紅色一串卵泡，開心的我趕緊去學校找老師報告，老師也鼓勵我繼續觀察，那是在福壽螺肆虐全台之前。

當然，這幾十年來，在台灣的水田水塘旁，你都可以看見福壽螺的卵。我當時可是全台最早養殖並觀察到產卵的小學生。

巴西烏龜

紅耳龜（學名：Trachemys scripta elegans），也叫密西西比紅耳龜、紅耳彩龜、紅耳泥龜、巴西龜，是彩龜屬彩龜的亞種之一，是一種水生龜。雖然紅耳龜又名巴西龜，但其原產地並非位於巴西，而是生存於北美密西西比河及格蘭德河流域。（資料來源：維基百科）

從小飼養過很多不同的動物，養得最久最有成就感的就是俗稱的巴西烏龜。不但存活率是百分之百還養過兩批各四隻。為什麼是兩批呢？第一批是我小學放學後經過街上水族館時看到店裡有在賣舊的五元硬幣大小的小烏龜。那時候的五元硬幣直徑比現在的十元硬幣還要大。買回來家裡後，我查了書櫃上的書也去圖書館借書，研究牠們愛吃什麼食物，要布置什麼樣的環境適合牠們生存。除了飼料之外我也會偷拿媽媽買的青菜葉子給牠們吃。每次去海邊玩耍時，還努力從潮間帶抓小魚小蝦回來給牠們吃。

一開始牠們住在小臉盆裡，後來慢慢長大就換成大的鋁盆。出太陽時，我也會放牠們在陽臺四處散步放風晒太陽。有一次，只抓回三隻烏龜失蹤一隻，原來是牠爬進房間櫥櫃底下，經過三星期才被我找回來。幸好只是肚子扁了一點，烏龜並無大礙。牠們在我的細心照顧之下長得都比同學養的烏龜長得更快更強壯。所以常常有鄰居、同學到我家來觀摩、欣賞我養的烏龜。

但是也因為這樣，有一天悲劇發生了。我放學回家後發現烏龜不翼而飛，因為當時不管是透天厝的大門或是窗戶都沒有上鎖，其實鄰居可以輕易爬過來拿走我的烏龜。我本來跟媽媽說我知道小偷是誰，要去據理力爭回我的愛龜們，可是與人為善的母親奉勸我算了，媽媽說：「我們並沒有證據知道是誰偷的，而且這代表你真的把烏龜養得很好，只要偷走的人能好好照顧烏龜，你就從頭開始養吧！」

於是，我又買了四隻小烏龜，但是當時的技術還無法幫烏龜做標籤辨識，只好請親戚幫牠們照相，以避免日後再發生同樣的竊龜事件。

國中之後，我跟同學們抓魚的能力愈來愈強，烏龜愈吃愈好，以前牠們只能吃一些海邊抓到的蝦虎魚與透明小蝦，後來，我常常可以抓到整群的小烏魚、小吳郭魚放著讓牠們自己捕食。

沒有去抓魚蝦的時候當然就是餵牠們吃飼料。每天放學的第一件事情，我就是去看烏龜。我一打開陽臺的紗門，龜兒就會紛紛抬頭等著我，有時候牠們的嘴巴還會在水面開合，發出啪啪啪的聲音——我二姊都戲稱牠們是在叫我「爸爸」！

有一天我發現四隻烏龜已經大到連大鋁盆都略顯擁擠，我就跟媽媽說我要去弄一個舊浴缸來養烏龜，當然母親又是頭上三條線，覺得他兒子不知又要搞出什麼花樣。

在找不到適當的舊浴缸下，我去找了我的奶爸，基本上他是個在海軍第二造船廠工作的超人，木工、金工、泥水工都難不倒他。我就提出要求，希望奶爸幫我在三樓陽臺做一個烏龜池子。偉大的奶爸來我們家勘查場地之後，真的帶著我去買了紅磚與水泥，就在陽臺的角落為烏龜搭建了一個高三十公分、寬四十五公分、長一百二十公分的長方形池子。從此烏龜有了專屬的家。

後來等到高中快畢業時，我又開始煩惱烏龜的未來，不知道我離

開澎湖之後誰能照顧牠們。剛好，五叔在整建老家，他不但願意收留烏龜，還答應為牠們蓋一個橢圓形的池子，讓牠們頤養天年。據說，在五叔家的烏龜們還有爬上岸在泥土產卵。

現在在台灣四處的池塘裡都可以看到巴西烏龜，我很慶幸我從未棄養過任何一隻烏龜，而是把牠們都當作家人一樣對待。

巴西烏龜

紅毛猩猩奇遇記

不管是十八歲前在澎湖小島上，或是來台北求學服兵役工作，我總是與各種動物特別有緣分。大學讀的是獸醫系，但是暑假寒假時間，自己也跑去台北市立動物園與野生動物救傷醫院實習，想要多接觸狗貓以外的動物。雖然後來沒有選擇當臨床獸醫師，這些與特殊動物的接觸，卻成為很深的記憶。

曾經有一段時間幼小的紅毛猩猩是台灣的有錢人最喜歡養的寵物之一。其實這是一個很不正確的觀念，但是在三、四十年前民智未開，大家對於環境保護與生態平衡並沒有很清楚的概念。紅毛猩猩的基因百分之九十八與人類相同。在牠的原鄉——印尼，這個物種被原住民稱作Orangutan，意思就是森林樹上的人。小隻的紅毛猩猩跟小孩一樣可愛，可是到青少年之後就有破壞沙發、拆除牆壁的強大破壞力。因此，後來在台灣有一陣棄養風潮。印象中有不少畜主因為已經無力照顧力大無窮的成年紅毛猩猩，有的還趁半夜把家中的猩猩綁在動物園的大門強迫動物園收養。

在野生動物救傷醫院實習的某一天，有一位主人帶來了一隻虛弱的小紅毛猩猩，體型大約與兩三歲的人類差不多。獸醫師細心地做了檢查和評估後給牠補充營養與治療讓牠漸漸恢復體力，可是接下來的問題是有三天連續假日獸醫院沒人上班。獸醫師於是問我們實習的同學們，看看有誰方便在假期間照顧牠。沒想到一個住在汐止的女生立刻舉手說她願意在假日陪伴這隻紅毛猩猩。因為她家也有大狗籠，如果猩猩真的恢復體力而變得好動也可以關起來，但是她需要有人幫她把猩猩載回家。獸醫師立刻看著我說：「你住內湖吧！就靠你幫忙了！」

在嘗試許多搭載模式之後，最後是由女同學像抱小孩一樣抱著紅毛猩猩，我騎125的機車載著女同學加上紅毛猩猩再加上這幾天所需的藥品，就這樣從台北市東區忠孝東路慢慢騎到基隆路接上麥帥公路，再一路騎到汐止。這路程不短，但小紅毛猩猩卻能夠好好的以這樣的方式被我們載到汐止，主要也是因為牠的體況稍稍恢復，可以抱住人類卻還沒力氣使壞搗蛋。

我想，即使過了三十年也很難在大馬路上找到騎機車載過紅毛猩猩的人。那時剛好是暑假快結束的時候，也剛好是農曆七月時節的晚上，如果有看到在路上的這台機車以為看到了鬼而嚇到做惡夢的人，小弟向您懺悔並道歉。

搶救亞洲母象

獸醫系大四上學期，我與另一同學申請在寒假時到台北市立動物園獸醫室實習兩星期。這並沒有學分，只是想在畢業前多認識職場生態，也趁此機會就近接觸平時無法遇到的各種珍禽異獸，還真的讓我留下一輩子深刻的記憶。

二十八年前的那個冬天，一隻懷孕的亞洲母象在難產後倒下側臥。這麼巨大的動物如果無法翻身或站起來，就會被自己的體重壓死。我們跟著獸醫師到獸欄看牠時，牠是很虛弱的，連稍微移動身體的力氣都沒有。獸醫師決定先用輸液治療給牠營養，讓牠有基本的維生能量，然後來了很多專家學者一直開會討論各種救治方式。

幫大象打點滴，可是獸醫一輩子都不見得有機會遇到的。有經驗的獸醫師先幫虛弱的母象在耳朵上針，因為耳朵上就有許多很粗的靜脈。我們實習生就來把獸醫處方的各種點滴瓶點滴袋加上藥物接上，好讓營養與藥物可以透過管子針頭送到大象耳朵的血管裡。一開始大象很虛弱無法移動，所以印象中我們是讓點滴掛在離牠最近的牆上。但是因為點滴是開全速在滴，而且一次四瓶，所以光是換袋換瓶就手忙腳亂。往往剛接好一瓶，又要接著換下一瓶。輸液治療慢慢有了作用，母象的腳與身體慢慢有小小動作，當時我還不知道危險，只是繼續執行任務。突然獸醫師大叫我的名字要我退出牆邊，我才發現大象已經有力氣躺著移動牠的身體了。如果我不跳出來，就要在大象與水泥牆中間，變成一塊肉餅！

大象就用牠巨大的肚子做圓心，緩慢的在地上側身繞圈圈，我們就拿著兩根點滴架跟著牠繞。畫面十分可笑，但是救牠的性命前，當然也要先保全自己的命，不然就為「象」捐軀了，應該可以入祀忠烈祠。

母象當時只會躺著旋轉，還沒力氣站起來，有老師建議針灸刺激穴位，也有專家提供各種建議。最後是進行了一個巨大工程，把牠所在獸欄改建成一個溫水浴池，讓水的浮力幫助牠站起來。後來就能正常進食，也慢慢恢復健康。

雖然我只參與了療程的一小部分，卻是獸醫實習生涯最「巨大」的回憶。

洛克人

請不要忘記，
除了遊山玩水吃香喝辣，
我們成立這個組織的終極目標，
是要保護地球與生命。

洛克人組織

我常常在臉書分享照片，文字描述都是寫洛克人組織，很多人一定都覺得很好奇這到底是什麼單位？誰才能夠參加？有些人甚至以為我和亞薇還有另外兩個孩子。這要從渝緹出生開始說起。

緹仔是我岳父岳母家的第一個孫子，也是我跟亞薇的第一個孩子，其實在出生前就備受長輩期待，但是人生的意外造成她的腦性麻痺，幸好她的爺爺奶奶、外公外婆還是用更多的愛來疼惜這個不一樣的孫女。

渝緹出生一年後，她的表妹依依出生。健康活潑的依依立刻變成家族中的焦點。大家都喜歡她。她也常咿咿啞啞扭動身體唱歌跳舞讓大人開心。因為亞薇與姊姊感情很好，加上我們需要岳父母幫忙分擔一些照顧渝緹的事，有一段時間幾乎是姊妹兩家都跟爸爸、媽媽住在一起。

依依的爸爸是開飛機的機長，媽媽是飛機上的事務長，其實常常都在國際天空飛來飛去，很少在家裡。所以，孩子幼年時最常接觸的就是她的外公、外婆還有她的阿姨、姨丈，加上一直躺在床上的這位表姊。依依從小就愛卡通，而且她可以背出每個卡通人物的名字。她當時最愛的卡通就叫做《洛克人》，所以她認為我們全家都應該是洛克人或其他卡通裡的人物。

我因為常常陪依依玩，她也常常陪我和渝緹出門散步，有一天，她告訴我，我的代號就是「海神老大」，她的阿姨——亞薇，代號是「弓箭手」。我就跟她說，我們來發起一個洛克人組織，從我們三個人開始，依依聽了非常開心。那時才四、五歲的她認真問我：「老大那我們洛克人要做什麼呢？」我就隨口說：「我們的宗旨有兩個，一是維護地球和平、二是保護野生動物。」這就是洛克人組織的濫觴。

依依五歲時她的弟弟定定出生，當然直接變成洛克人的中堅成員。原本洛克人組織只有我們一家三口加上依依、定定，但是因為我們的行動與口號愈來愈多，就慢慢地吸引了外公、外婆、阿姨、姨丈的加入。再慢慢擴展到亞薇的表妹們與他們的家庭成員。後來就變成澎湖胡家、江蘇杜家、河南宋家、板橋劉家的所有至親好友都被我們列入名冊（是真的有一本筆記本，裡面記載了每個成員的名字和洛克人組織的代號）。每次出去玩，到了一個新的地方，我們洛克人組織就會擺出各個超人與異能者的招牌姿勢，不僅外婆拍照拍得開心，還常常吸引路人的注意。

洛克人組織的執行長是劉依依小姐，老大是終身職。我們一起去過育幼院幫忙刷油漆，依依也陪我參加一些扶輪社的活動，她很小就會使用手機拍照，真的是一個可愛的幫手。之前我們最常的活動就是全體洛克人去逛老街。定定最期待的就是老街的烤香腸，他熟知各個老街哪裡有賣好吃的香腸，是組織中的肉品達人。執行長通常會幫大家決定要去哪裡，老大就是司機兼導遊，載著全體組織成員跑遍全台灣與澎湖，到處看看有沒有壞人或者是野生動物被欺負。

因為他們依定姊弟的親生父母常常都不在家，都在天空中工作，其實錯過了許多孩子成長的足跡。例如說，依依在小學時學武術，她第一次拿到台北市武術金牌時，是我這個老大陪她去的。再例如說，定定在鶯歌的籃球場投進人生的第一顆籃球時也是老大跟姊姊陪他的。所以某些角度來看，依依、定定也是我跟亞薇的孩子。他們兩個也是渝緹表姊最好的朋友。直到現在定定已經高一了，他還是會常常

背影

大家幾乎都讀過朱自清的〈背影〉，也會對自己父母親的背影難以忘懷。我們常常帶著渝緹四處玩樂，在沒有辦法推推車的地方，幾乎都是我抱著她或扛在肩膀上。曾經抱著她走在東眼山森林步道中遇到大雨，走出森林時她已全身溼透；也曾抱著她走過還沒有許多觀光客的澎湖北寮摩西分海，登上當時沒有限制的赤嶼最高處，留下許多「老背少」經典照片。

渝緹的表弟定定，在他國中一年級時，老師有一天在學校出了個作業，要交一張背影的照片，然後寫一篇短文關於背影。沒想到他印象中最難忘的背影，竟然是前一個暑假，我們租了一輛福斯大T5，載著岳母與大姨子與我們兩家人，到花東旅遊時，定定在花蓮石梯坪的海邊岩石上，看到我扛著渝緹，在陡峭岩壁上爬上爬下，然後面對大海的背影。

〈一個我無法忘懷的背影——阿姨（丈）的愛〉作者：劉定定

我的表姊，今年即將步入十八歲，照理來說，她現在應該是位亭亭玉立，活潑可愛的少女，不過她看起來，好像只是個二、三歲的小嬰兒，那是因為在她剛出生時就患有腦性麻痺，無法說話、無法行走、無法長大這些事，從小就被烙印在她身上，一般父母的話，一定會感到心灰意冷，甚至沒有意願將她撫養長大，但阿姨和姨丈沒有放棄，他們把表姊當成一個健康的孩子，送她去上學，在放假的時候，推著推車走遍整個台灣，帶她看看外面的世界，遇到陡峭，推車上不去的地方，就把她扛在身上，一步步的爬上山，只為了讓自己的女兒，能看一眼那美妙的大自然風景，這種父愛，是任何事物都比不上的，純粹的愛。那是一個我永難忘懷的背影。

在洛克人中，在所有渝緹的堂哥堂姊表弟妹中，定定是最親近渝緹的暖男。謝謝暖男總是陪伴著我們玩耍，還給我們一家人無形的支持力量！

人生總會有低谷

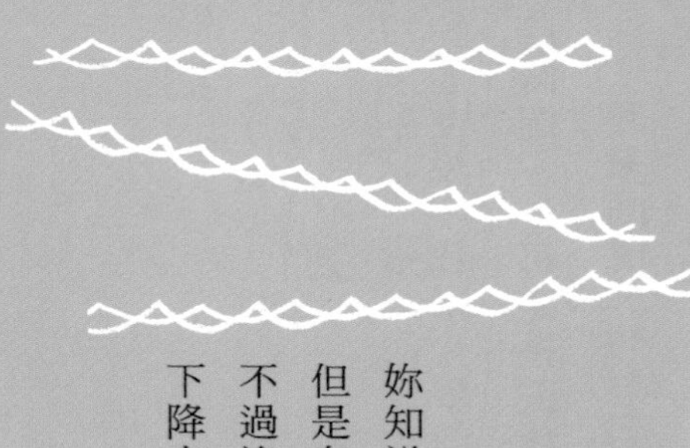

妳知道爸爸總是報喜不報憂，
但是有時情緒低落還是免不了，
不過沒關係，就像妳喜歡的乒乓球，
下降之後還是有彈起的時候。

人生灰暗期

據熟悉我的朋友說，我讀大學前五個學期，是他們眼中昭安最落魄沒精神的一段時間。這可能是跟我高中意氣風發的那個階段相比較才會有這種想法。我來回憶、想想到底那段期間發生了什麼事？

從澎湖來時，我應該是自恃聰明，也不怕與各地菁英在校園中競爭，並且對自己有很高的想像與期待。

剛來台北，一開始是天氣上的不適應。一九八九年的冬天常常下小雨，從澎湖來的我不敢淋台北的酸雨，常常要一早就帶著雨傘出門，真的不太習慣。

大一的功課都是共同科目，普通化學、普通動物學大概是我準備大學聯考時所學的內容變成英文描述而已，所以勉強矇混過了一年。社團方面，加入高中時仰慕已久的台大健言社與不小心路過的土風舞社，認識了很多其他系的同學與學長姐。大二開始，我依然跟大一一樣混，但是課程已經變成專業獸醫基礎科目，每一科都不好學。

從大二上、大二下、大三上分別當掉兩科四學分、兩科四學分和三科七學分（就是再多當一科就二一被退學了）。學期平均成績是神奇的五十九、五十八、六十分。據說成績單寄回澎湖時，爸爸看了都吃不下飯！

社團也沒有很亮眼的表現，沒有如我所願變成台大優秀的辯論代表選手。土風舞因為無心練習也跳的二二六六。愛情方面，從澎湖就認識的女友也因為不同校距離太遠而分手了。我自己本來覺得沒什麼大不了，因為我認識很多功課比我更差但是異常優秀的台大人也活得好好的。直到有一天在寒假時回到澎湖看到爸媽對我成績似乎非常擔憂，他們應該無法想像大學之前每學期都拿獎學金的小兒子，怎麼可能會有這種成績單。

有一天，自己心情很糟，騎著打工買來的豪爽１３５摩托車，在下雨天無意識地往淡水騎去。視線不佳加上天雨路滑，就在過了大度路不久根本不知道是什麼原因就摔倒受傷，心裡覺得很嘔，我到底在做什麼，怎麼會讓自己受傷車也壞了。把車放在路邊之後，覺得所有好運好像都遠離了我。

接著假期回到澎湖也不敢告訴爸媽為什麼腳上有傷。父母可能想關心我卻不知道要說什麼、怎麼問。看過親朋好友與大海後再回到台北，我找了最要好的同學請他載我去當時的受傷現場，神奇的是機車還在，只是電池被拔走了。抱著姑且一試發動愛車，它竟然被我腳踩發動了，才發現連慘遭風吹雨淋日晒，被我丟棄在路邊一星期的機車，都沒有背棄我。同學家人也都在等我振作起來。這樣回想真的是這台九千元買的豪爽還有澎湖的親友挽救了我。慢慢沉靜省思之後，才對課業重新盤算，認真思考是否可以努力追上同學，只求如期畢業即可。

後來，大三下之後的五個學期真的有努力重修，滿滿補回所有學分，和大多數同學們一起五年畢業並在第一次獸醫師檢覈考就考上執照。這其中除了父母的關心，其實最要感謝的是我在台大土風舞社認識的女友也是後來的老婆。

我們雖然大一就認識，但是開始交往時其實是我很低潮煩躁的時刻，既不愛去上課也不太想去社團，騎了一台打工買來的破爛摩托車，也沒什麼錢。常常就在校園閒晃等女友下課，載她回家或出去玩，生活是完全沒有重心的。這段時間女友還要常常忍受我的壞脾氣與沒耐性。老爸用葉啟田的歌詞形容當時的我：「無魂有體親像稻草人……」

老婆現在常常說她可不是在我是萬人迷的時候認識我的。想想也對，我高中時非常風光，功課好，在社團當社長，代表澎湖縣參加全國演講比賽還交女朋友，這樣還考上台大獸醫系！當時的確以為我來台北也會是這樣，後來才發現身邊都是全國菁英，不曉得是我誤以為自己太強，還是誤以為同學們太弱，但其實世界很大。當時自己都沒有努力生活，沒有目標與動力。

回想大學非常低潮的一年半時間其實對後來人生真的有很多啟發，就是你以為是谷底了卻還能再跌得更低。人生的困難其實非常地多，現在從五十歲回頭看二十歲的自己，真的有點像是無病呻吟，可是那時就是走不出來。然後在你最無力徬徨時還有人能欣賞到你的優點，默默地陪在你身邊，那才是真愛與火眼金睛。

告別式二三事

澎湖同學

二Ｏ二一全球遭逢新冠病毒肆虐的這一年，連在台灣看似比較安全的居民們如果不幸家中有人過世，也無法像平常日子一般地為他們舉辦告別式或追思典禮。所以，在疫情中如果能夠好好地與親人告別都是一件幸福的事。

有一天晚上在與澎湖來的同學聚餐喝酒時，我的手機電話響起，打來的是我另一個澎湖同學的媽媽，我心裡的ＯＳ想說還真巧，同學的媽媽在電話中用平靜的語氣問我有沒有她女兒的照片，我就回答如果是畢業紀念冊那就簡單，生活照的話就要找一下。

我絲毫沒有警覺到其實已經有事情發生，幾天後同學的媽媽直接line我說她女兒已經過世了，某一天要舉辦告別式，我整個人愣住，直接回想到前幾天通過的電話，原來我這位從小幾乎都是第一名，清秀可愛的資優生女同學真的離開人間了。

她們外婆、母、女三人，本來就都是非常傑出獨立的女性，一起共同生活，沒有人想像得到卻是我這位同學在未滿五十足歲的時候就撒手人寰。我因為從高中開始就常去她們家玩耍走動，說與同學情同兄妹也不誇張，心中就想為她們做點什麼。幾天後，她的女兒告訴她外婆說真的有一件事情可以委託給我幫忙。我當然還沒問內容就答應了。這個堅強的二十一歲女兒決定在母親的告別式上用口語加上自製的簡報投影片懷念母親短暫而精采的一生。她希望我這個情同舅舅的人可以幫她現場錄影。

我當天到了現場，發現來參加告別式的人比我想像的多很多。因為她的職業是中學老師，大概從以前畢業開始教書這二十多年來教過的班級都派人來了。我心中百感交集。先看到拄著拐杖的女兒，躺在棺材中的好友同學，還有堅強的同學媽媽，似乎也不能用苦命來形容，只能說命運安排的各種打擊都讓這對祖孫更加堅強。我在現場又拜託了另一位澎湖同學跟我一起用手機錄影，深怕電池或手機突然故障無法完成任務。不到十分鐘的影片，但儲存下來的檔案太大無法用line傳送，我就在家中找了一個閒置的USB，隔天到公司將手機的影片複製後，就把隨身碟親手送到同學媽媽的手裡。

當兵同梯尊翁

有位一起在空軍總部汽車隊服役的當兵同梯，即使退伍後大家都還保持著緊密的聯繫也常常聯誼。甚至同梯的父母、妻子與孩子都像家人一般。

今天來分享一下林爸的故事。林爸壯年時是電影院的老闆，他的獨子是我當兵時同寢同單位的好朋友。退伍後我們差不多時間結婚，多年來，我一直與林爸林媽還有他們全家維持良好關係，甚至我們一家三口還參加過林家三代全家福的阿里山旅遊。林爸晚年時因為生病而住進長照機構，在二Ｏ二一年底回歸天家。但是，家屬們決定告別式時間之後，兩位旅居國外的姊姊卻因為疫情問題無法回台參加，便希望在告別式當天能有人協助視訊，也讓他們盡身為人子的最後一分心意。

不知為何，執行當天告別直播的重責大任也落在我身上，去協助之前，我只以為要顧著腳架上手機不要讓它中斷了或者是沒電。但是儀式一開始後，我就發現我的任務其實是要幫國外的這兩位姊姊、姊夫還有他們的孩子跟著現場禮堂內的所有動作，跟著法師唸佛、頂禮、鞠躬、跪拜，因為他們在千里迢迢的海外，只能用這樣子透過手機訊號投放到他們家中電視與台灣的家人同步進行。我就變成導演加直播主，要控制畫面轉動的速度，還有他們是否清楚明白現在在進行什麼。跟著跪跟著拜跟著回禮還比較簡單，進入停棺處的畫面就很難掌握，禮儀公司的人還提醒我瞻仰遺容的時候也要讓國外的姊姊們看到。我就像個現場SNG的攝影記者，有時站有時坐有時跟著前進。直到典禮順利圓滿完成，封棺後要推去火化，才結束轉播任務。

也不知道是因為交情太好還是我懂得這些民俗禮儀與程序，才會獲得這個服務好友長輩的機會。事後，國外的兩位姊姊非常感謝我，一直要他們在台灣的親人請我吃飯並致贈謝禮，我都以要在家陪伴小孩為由婉拒了他們的好意。

這樣在告別式會場為朋友所做的服務，都是以前我從來沒想到過也沒做過的。在好友的人生重要時刻用點心出些力，讓一切更加圓滿心中也覺得十分欣慰。

當兵小故事

最近每天的新聞都在報導中共派了多少架戰鬥機還有其他軍機類型飛到台灣的航空識別區騷擾，然後我空軍健兒如何立刻起飛加以嚇阻不讓敵軍越我雷池一步。關於空防的這些新聞都讓我想起服兵役時的種種。

第一次兵役抽籤時，老爸幫我抽到海軍艦艇兵。本來覺得也挺好的，因為我是航海節出生的，乘風破浪本來就是我的天賦使命。但是因為已經從澎湖赴台北就讀大學，所以在畢業前要重抽一次。還記得抽籤前媽媽都會去拜拜，很緊張地跟菩薩祈求一定要抽到好籤。有一天我在宿舍接到媽媽從澎湖打來的電話告訴我爸爸幫我抽到空軍籤。說真的我沒什麼特別興奮的感覺，但是媽媽告訴我，老爸對於自己的神手能夠讓他的么兒抽到與他相同的軍種覺得十分得意。

在一九九四年的夏天，當我終於追趕上獸醫系同學的進度，一起五年畢業，並且跟同班同學報名了獸醫師檢覈考試一次通過後，就接到新兵入伍報到通知。當天我們這些澎湖兵要在馬公港集合，一起搭船到高雄過一夜之後，再到位於台南大內鄉的陸軍新兵訓練中心報到，進行一個月的魔鬼訓練。比體能訓練還可怕的是中心的硬體環境。風雨來臨時，室內外都在滴水。房舍、茅坑、洗手臺感覺是大陸撤退來台時就存在的。我因為討厭各種訓練課程，只要有排長、班長徵求各種工程公差，我一律舉手自告奮勇。從塗油漆、修屋瓦、牽電話線、修紗窗紗門及清除壕溝內的動物屍體都被我包了，所以不用參加烈日下的體能大考驗還有教室裡面的無聊政治教育課程。

快結訓時，大家都在討論到底會被分到什麼樣的空軍單位。我因為已經知道被人關說可以去台北服兵役，但是並不知道要到哪個單位擔任什麼職務。選兵那天，竟然是空軍總部汽車隊的新訓班班長來把我們領到台北。我本來以為我可能是要去空軍醫院開救護車，沒想到是到了台北市中心仁愛路上的空軍總部要開長官車。剛到隊上時十分緊張，因為每台車都是手排車，有幾個班長又跟魔鬼一樣特別不喜歡這位署長一開始是很嚴肅的一個人，但是辦公室的參謀對我們駕駛與勤務兵都非常好，並且鼓勵我們利用當兵任務的空檔多讀書，我也在他的鼓勵之下報考當年的獸醫專技高考。當年班上只有三人第一次就考過，另外兩人是正在念研究所的同學。大約載了這個老闆一年之後，他因為職務調動去南部佔缺，所以我又回到汽車隊上擔任公務車駕駛，等待再被指派出去擔任下一個長官的專任駕駛。運氣也非常好，有一天，我去了中正機場載一個從法國回國的將軍。在高速公路上他很熱情地跟我聊天，問我的故鄉、學歷等等。我把他載回台北指定地點後，他竟然給我小費並說他回台這兩個星期希望都搭到我的車。那兩個星期我就帶他在總統府、國防部各單位跑來跑去，最後把他送到機場時，他竟然把身上的台幣全部掏給我，我不敢收，他就帶著微笑告訴我，他要一年後才會再回到台灣，所以台幣對他沒有用，叫我好好收著。

接著，我就被指派到部本部擔任作戰副參謀長的駕駛，中將車型是裕隆勝利２０００。雖然是漂亮的黑頭車，但是也是已經經歷過很多的老闆，奔馳過全台的道路與機場。

這個老闆與辦公室的長官都十分親切而且忠軍愛國。每次老闆從立法院備詢回來之後都大發脾氣，覺得不專業的立委真的羞辱了軍人的專業，這位長官是一位愛國愛家的標準軍人，沒有額外的應酬。每到六、日任務結束，他都叫我把車子停在軍營內，然後趕我去跟女朋友約會並說有急事再用「BB. Call」call我。老闆在車上只有我們兩個人的時候，常常跟我聊政治軍事歷史文化，並很語重心長地告訴我，台灣現在處在華人歷史上最黃金的時代——藏富於民，這是以前的朝代從來做不到的。

有一次一大早，我要載老闆與另外兩位長官到空軍清泉崗基地打高爾夫球。那一天早上上了一號國道之後，勝利2000開到泰山就打不進檔，我想可能完蛋了，離合器在一個很緊繃的狀態中，我很怕開不到清泉崗。但是我想駕駛的任務只有一個——就是要把老闆準時送到集合地點。就在不動聲色中也不敢驚擾老闆的狀態下，我還是準時硬開到台中清泉崗，長官下車後，車就掛點了。我先打電話回台北報告，清泉崗汽車隊也很緊張，但是承諾會借一台勝利３０００給我，讓我把打完球的老闆與長官載回台北。這只是汽車隊兩年生活中最有趣的回憶之一。

我載過的這兩位佔中將缺的少將長官，在他們授階兩顆星的那天（一九九六年一月一日），我也晉升了空軍車輛駕駛下士。與當兵同梯飛虎６２０之間的情誼也一直延續到今天沒有中斷。每年我們都固定聚會喝酒聊天打屁，甚至彼此的太太也都成為好朋友。載過的長官與夫人也都把我當成自己的孩子，參謀對我就像自己的兄弟一般，那天來台南領我的新訓班班長與其他幾位班長到現在都還是我的好朋友。

未來的安排無法預測，但是我們可以自己過好每一天，好好的開車，好好的陪伴家人，好好的維持友誼，也為自己想投入的事情來努力。

謝謝我載過的空軍長官們，也謝謝我天上的老爸幫我抽到空軍籤！

一輩子的好朋友

妳不愛出去交朋友，
這點是跟爸爸最不像的地方，
不過妳放心，
爸爸的朋友就是妳的朋友，
我願意把生命裡最好的一切都分享給妳，
就像老爸的這幾個死黨。

小中

人的一生難得一知己好友，而我非常有幸，從小就結交許多莫逆。

小學二年級的某一天，老師出了個作文題目〈我最好的朋友〉。當時幼稚的我其實還搞不太清楚什麼是「最好的朋友」。就在馬公國小二年五班的教室內往窗外看著大榕樹發呆，這時候剛好有一位叫做「呂致中」的同學經過我的視線，我就突然覺得「就是他了」！

小學的時候我家住在馬公市的光復路33—8號，小中家在37—2號。號碼雖然看起來很近，其實隔了兩個路口。我們家是三樓半，普通的透天厝。小中家是有庭院的日式建築，裡面有許多令我感到新奇且有趣的東西。例如：有木造的雞籠，裡面幾隻每天會下蛋的母雞，庭園裡種滿了蔬菜瓜果，院子裡還有大榕樹，讓我非常羨慕！因為我的父母都是上班族，所以念小學時放學後我幾乎都待在小中家。天氣好我們就一起出去，在草叢裡抓蚱蜢，在水溝旁撈蝌蚪；天氣太熱或是下雨時，我們就在屋子裡榻榻米上下五子棋或去家附近的民眾服務站打桌球。

有一天我們突發奇想，編造了一套屬於我們自己的摩斯密碼，這樣在說話的時候只有我們兩個彼此聽得懂，到今天這本屬於我們兩個的「摩斯密碼」已經不知去向，不然就可以送到澎湖的生活博物館去典藏。

因為我們兩個幾乎天天都膩在一起，小中常來我們家，雙方家長也慢慢變成好朋友，經常相互往來。大年初一我們家的拜年行程一定會有小中家，這一直延續到兩家都遷到台北之後還是維持這樣的聯繫。

我從小的話就很多，小中一直扮演我的最佳聽眾。小中也是我所有同學中，我老爸最熟悉最喜歡的。十八歲成年後的某一天，我老爸叫我把小中請來家裡，我們三人就在客廳裡邊喝邊聊，把一瓶公賣局的白蘭地喝完了。對於不善言辭的胡老爸來說，應該就是一個恭喜我們長大了的儀式。

上了國中之後雖然不同班，我們還是天天一起上學一起補習。到了高二高三我們兩個又同班了，國高中之後雖然沒辦法像小學一樣天天膩在一起，但是心裡如果有什麼疑問或是有什麼想抒發的想法，我還是會不自覺地走到小中家。

胡爸胡媽年邁時常因病住院，小中如果知道了，就會特別撥空來看他們。有虔誠基督教信仰的他都還會特別問我能不能為我爸媽禱告。我就會跟小中說：「沒問題，我爸媽看到你，心裡就得到安慰了，如果你能為他們禱告他們會更開心的。」

我們現在都超過五十歲了，各自有各自的家庭，我難免都還是會有一些對人生的疑惑，這時候我就會 line 小中。心裡有個感覺：「跟小中訊息完，我就會得到問題的答案。」

回想起七歲時的作文課，窗外冬陽穿越榕樹的樹梢，小中突然的出現，應該是上天給我最好的禮物——一個最好的朋友。

阿才

澎湖有一位很有名的阿才老師，總是梳著很 fashion 的髮型，他是我小學六年同班的同學，更巧的是他老爸和我老爸也是小學同學。他們家從小到現在只有改建過，沒有搬家過。所以，我每次回澎湖，很容易找到他，他也逃不掉我的茶毒。

當我們小學二年級要升三年級的時候，馬公國小要籌組一個動物聯歡舞團。就從一到六班各班級選出一些小朋友扮演各種動物，有青蛙、蝴蝶、貓咪、猴子等等。

可能我跟阿才特別像潑猴，就被老師安排成舞團的兩隻猴子。表演的方式是各種動物依序出場，用他們的主題音樂跳一支舞，最後所有的動物再一起表演反共愛國歌曲，符合當時的時代潮流。

因為可以在縣黨部中正堂演出，連家長都開始認真起來。我跟阿才的服裝上半身是一件可愛的黃色襯衫，下半身是一件訂做的土黃色吊帶褲。為了逼真，還縫上一根彎曲的長尾巴，每次上台表演前還要塗上胭紅口紅，在沒有偶像的年代裡，我跟阿才彷彿就是馬公的頭牌了。

國中之後，因為都沒跟阿才同班，只有偶爾一起打桌球，甚至在

我們離開澎湖到台灣來求學後，有很長一段時間幾乎都斷了音訊。

我的父母在民國一百年春天相繼過世後，我突然有了比較多的時間關心故鄉的事，也因為Facebook開始流行，我就在臉書上開始組澎湖59～60同學會。原本的想法很簡單，就是找回民國五十九年到六十年出生的我們這屆「豬狗」（不是屬豬就是屬狗）同學。這中間阿才幫了許多的忙，透過阿才豐沛的人脈，幫忙59～60找到許多失聯同學。

當我們全家回到澎湖時，他也安排家裡房子讓我們住，車子讓我們使用，把我們當家人一樣接待，讓我們有回到家的感覺。

我們原本居住的透天厝已經在父母過世前幾年賣給親戚。一般來說，連在地房子都已經沒有的澎湖人，就很少會回去澎湖，但是因為阿才與才媽還有才嫂，都把我們當作家人，就重新拉起我與澎湖的臍帶連結。

阿才的媽媽也對渝緹特別親切，可能是因為阿才的大女兒跟渝緹同一屆，才媽對渝緹能夠產生特別的情感連結，也因為我們兩個家庭三代的多年情緣，阿才的兩個女兒也自然成為我的乾女兒，我們真的成為了一家人。

阿才不但像我哥哥一樣照顧我們一家，甚至連我姊姊回澎湖時，也都常接受到他的愛心支援。關於澎湖的很多人跟事，我常常都是在網路上與阿才討論，才哥就會給我故鄉最即時的資訊，我才能夠擁有仍然身處澎湖的感覺。

這些年，我們一起辦同學會、一起關懷弱勢、一起支持澎湖小學生的運動。這都不是十年前我們再度重逢時能夠想像得到的，但也就是一點一滴的緣分造就了這一切。

澎湖有阿才真好！
我有阿才這個兄弟真好！

宗文與仁國

從國小進入國中之後，生活圈子起了很大的變化，因為小學六年都是跟同一批人在同個班上，國中則匯集了馬公市區與市郊的不同小學的畢業生。一開始覺得很孤單，因為小學同班同學只有一個女同學跟我一起升到國中同班。但隨著慢慢認識不同村子的同學，也擴大了朋友圈。

我們家位於馬公市中心，其他同學就覺得我是「都市囡仔」。大概只會讀書其他什麼都不會。其他人並不知道我從小就具有與各種動物相處的本事。

跟我座位相近的兩位同學宗文與仁國是石泉國小畢業的，常常提起他們在海邊可以抓到許多魚蝦的豐功偉業，我就大膽要求請他們下次帶我一起去玩。某一次月考考完，我就跟他們西文村的同學們一起到了電力公司後面的中衛海邊。這個地方的特色是有一條淡水的水溝流入大海，所以可以抓到各種海水跟淡水的生物。其中一位同學告訴我以前這裡甚至可以經常抓到許多淡水長腳大蝦，由於當年淡水日漸枯竭，他們已經很久沒有見到了，但是對我來說是全新體驗，同夥玩伴們有的去偷挖地瓜、有的去抓蚱蜢，我卻想要在這個日漸乾涸的水溝中找尋傳說中的淡水大蝦。

我記得非常清楚那天的天氣、還有陽光照射的角度。我先試想我是一隻蝦，當水漸漸乾枯時我要躲到哪裡去？然後就在硓砧石下方的縫隙中發現一隻長腳大蝦的蹤跡。那天下午我抓了好多長腳大蝦，把這些原本帶我去的同學都嚇一跳。也因為我的戰功，他們就開始把我當作好朋友，我跟宗文與仁國兩個同班同學變得更麻吉！

然而同時在班上我遇到一個從未遇過的麻煩。有另一個國小畢業的小流氓，身材壯碩魁梧，大家都怕他。不知為何他也盯上我，雖然不敢直接揍我，但卻每天對我言語恐嚇，讓我生活在緊迫之中。有一天我實在不知道該怎麼辦，只好求助宗文與仁國，仁國就告訴我不要緊張，給他一點時間，他可以解決這件事。

據說後來他請他們村的老大去跟對方說：「請你不要再找胡昭安的麻煩。」我就真的沒有再受到騷擾。這在我成長的歷程中或出社會後都是一次重要的學習體驗。

仁國家境不寬裕，國中畢業後選擇半工半讀，白天送貨晚上讀夜校。雖然沒有跟我們一起上學還是常常受到我的騷擾，因為如果我要偷騎摩托車載女友，都會去找仁國借車。在我的人生各階段沒有仁國還真的是不行。後來我到台北讀書後，失聯過一陣子，有一次聽說他在高雄當警察，透過關係才找回這個好朋友。

宗文是個非常安靜的人。我們的功課幾乎不分軒輊，不但高中同班兩年，還一起考上台大在同個宿舍同居五年。我們不見得時時一起玩耍，但是整個人格養成與青春期，宗文的確是觀察我最深的人。我們似乎不用太多話就能溝通許多事，連他老婆都會吃醋，有點像是兩艘太空船，靠近就能交換訊息心得。

宗文是極少數我的好朋友中不喝酒的，所以我如果回澎湖，大概都是喝醉了的隔天去他家找他聊天。由於宗文靜謐緩慢的生活模式和特質，似乎我到他家聊過天之後就可以得到療癒與重新整理。

國中階段結緣的這兩位好友，一動一靜，一個保護我免受霸凌、一個跟我一路考上台大，都是最了解我的人。與他們在中衛海邊抓魚抓蝦烤地瓜的美好回憶，都成為我人生重要的養分。有一次，還在海邊一起撿到一隻剛孵化不久的綠蠵龜，不知怎地都無法往大海游去，我們三人就帶著綠龜到水深及胸的地方讓牠順利游向大海。

不知這隻綠龜現在何處？但是我們三人的友誼卻被澎湖這片大海深深維繫住。

人生海海，澎湖最海

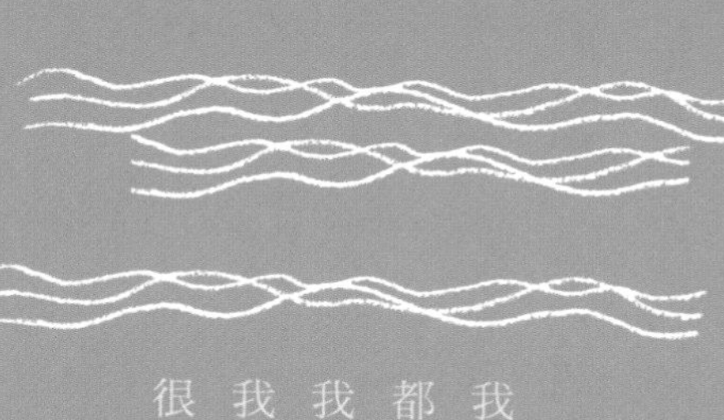

我的驕傲我的海派我的胸懷千萬里
都是因為我是澎湖的孩子！
我想告訴妳，
我愛澎湖就跟我愛妳和媽媽一樣，
很愛很愛。

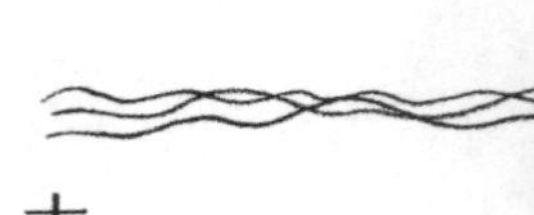

大海來的孩子

我是一個從澎湖大海來的孩子，出生在澎湖的海軍醫院。一路就讀馬公國小、馬公國中、馬公高中。父親與母親都是來自世居澎湖的家族。姓胡的祖先在明末清初時期從福建經金門到澎湖這個小島上定居後，已經繁衍十多代約四百年。原本主要以農耕維生，後來家族鼎盛，時代變遷後才有經商、從事公務人員、教師等多種行業。

一般人所以為的澎湖島民可能都是以海為生，釣魚、捕魚、觀光等。其實對一般澎湖在地居民來說，大海的潮間帶是補充各種家中所需食物的來源。由於潮汐主要是受到月球繞行地球引力的影響，每天都會有兩次漲潮退潮，隔一天漲退潮的時間又不一樣。一個在地的澎湖媽媽或是喜歡撿拾螺貝類的居民們都知道每天漲退潮的時間，退潮時刻才能去海邊捕獵螺類、螃蟹、章魚等等大海恩賜的美食。

我出身公務人員家庭，家境小康，就學時並不需要去海邊替家裡張羅食物，反而是因為喜歡海洋生物才親近大海，喜愛在海邊觀察許多不同的魚蝦貝類、海膽、海星、海參、海蛞蝓……還有許多搞不清楚的動植物。回家之後會閱讀圖鑑認識生物名稱與習性，對照不同書籍介紹的海洋生物。所以，從小我就是同學中對海洋生物了解較多的人。我飼養過的海洋生物更不少，蝦虎魚、雀鯛、螃蟹、透明蝦、小烏魚、小石斑，很多也都進了我養的烏龜的肚子裡。每天觀察牠們的成長和生活習性是我的生活日常，只是要換海水時比較辛苦，經常需要騎腳踏車去海邊一趟。

在一九八九年大學聯考時，我的第一志願就是台大動物系漁業生物組。心中想說大學再學習更多海洋知識，以後要回澎湖為我深愛的大海服務。但是可能是用功不足只考上第二志願獸醫系。後來父母親也因為我們兄弟都在台北工作，就在退休後搬到台北市，我就以為自己將來大概不會回故鄉居住或工作，只能像其他旅外鄉親一樣偶爾回故鄉看看老朋友、吃吃海鮮、看看大海與沙灘。

在二〇一一年，我的父母親在台北相繼過世。一般來說，離鄉的澎湖人在這情況下就更不會常常回故鄉了。我卻在二〇一四年的一月分因緣際會成為設立在澎湖縣唯一一個屬於全國性的環保類基金會——財團法人海洋公民基金會的董事長。而且已經連任兩次，一直到現在都還是擔任這個職務。

很多人也許是以為我人脈廣、口才佳、善於交際，所以擔任這個職務。但其實在我的心中，對故鄉的大海還是有濃濃的依戀。

離開澎湖來台灣就讀大學前我看了許多澎湖的日出日落、晨曦與晚霞。這些每天都在海邊發生。太陽與月亮在澎湖小島上每天都是從海裡升起降落，澎湖人從小在港邊海邊游泳，在沙灘上玩耍，回家吃媽媽、奶奶煮的魚蝦……。生活中的所有事，幾乎都與大海有關。

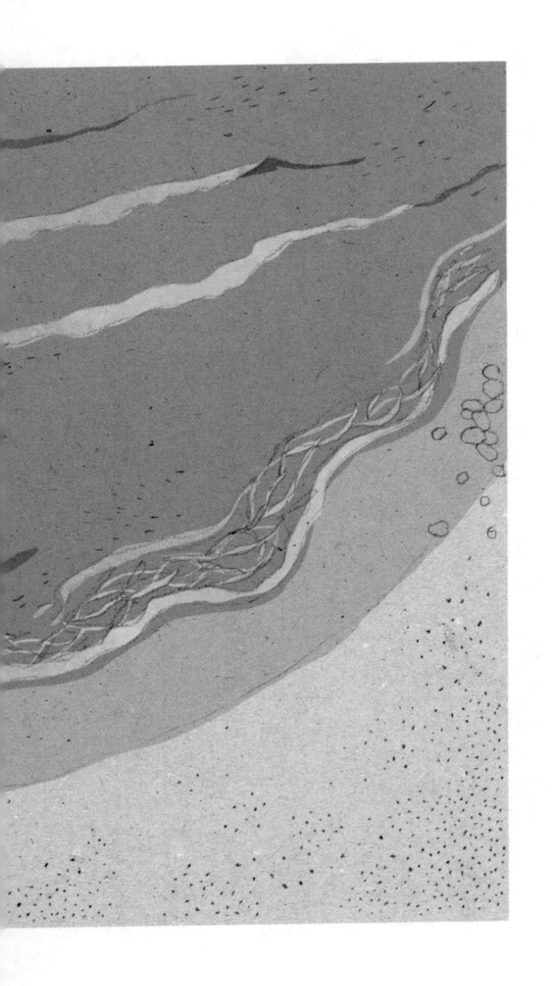

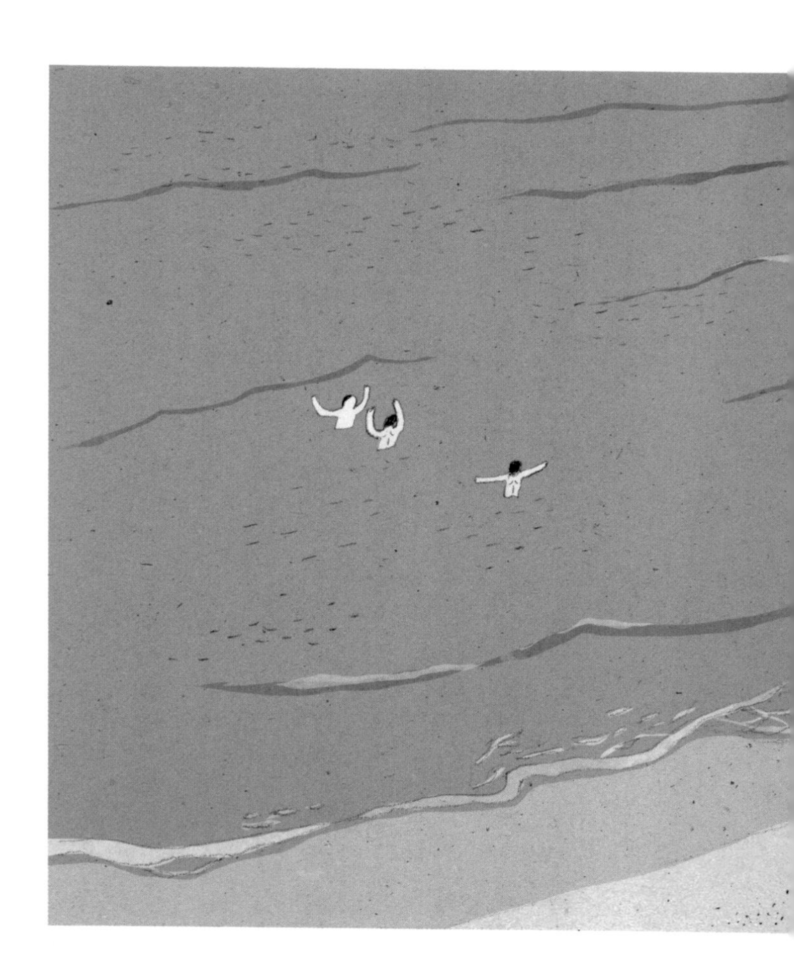

現在大海的情況已經與我小時候大不相同。高中時，我曾陪爸爸到觀音亭岸邊去撿拾垃圾，但是要撿很久才能夠撿滿一袋，海中也沒有這麼多的瓶瓶罐罐，保麗龍或是漁具、浮球。那時只要在任何的海邊都可以發現豐富的海洋生物與珊瑚礁，拿著釣竿或竹簍真的輕易就可以取得一家人晚餐的蛋白質。如今在澎湖，所有的海岸線上，無論岩岸或沙岸，每天都有潮流帶來的海漂垃圾。冬天有東北季風帶來俄羅斯、日本、韓國與中國的家庭垃圾；夏天吹南風時，菲律賓、越南與其他東南亞國家的保特瓶也能遠渡重洋到澎湖觀光。中國沿岸的漁業廢棄物、浮球、漁網、保麗龍等比戰鬥機還厲害，二十四小時轟炸澎湖海域。

海洋公民基金會在澎湖帶起淨灘風潮，並且負責科學化的海廢垃圾分析與沿岸海廢調查，海底的珊瑚礁普查與淨港淨海，也積極參與去除海中廢棄漁網的工作。從各個國小的小學生到澎湖科技大學的大學生，都有接觸海洋教育課程與海洋復育工作。其實我們基金會夥伴只有三、四人，多虧了基金會董監事與許多的老師、志工及相關廠商的配合，才能完成這麼多的工作，尤其是在海中珊瑚農場的成效更連續獲得第三、四、五屆聯電綠獎的肯定。海洋公民也得過教育部海洋教育推手獎。

承擔管理一個基金會的職務，外人看起來好像是出錢出力，其實對我來說不只是當一個董事長，這近十年的時間，除了照顧家庭與維持生計之外，我把所有的精神體力都花在海洋公民基金會在澎湖的服務，也特別感恩認識我與基金會的扶輪社友們，持續大力捐輸，從募款成立初期到今天海洋保護漸上軌道。大海很大，保護海洋的工作更是永無止盡。但是，有這些相挺澎湖，相挺我的兄弟姊妹，我並沒有很大的擔憂。而是抱著感恩的心情，集合大家的力量來繼續保護我們深愛的大海，期盼澎湖的孩子，孩子的孩子……也能看到澎湖海洋生生不息的美麗。

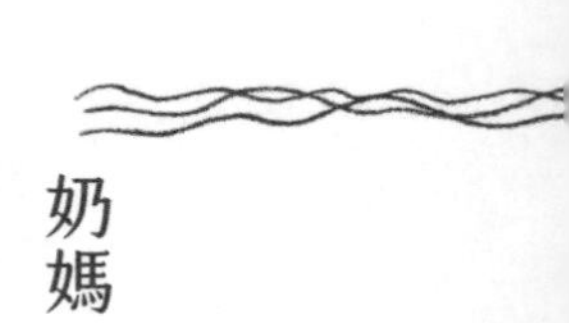

奶媽

又是當日來回澎湖的一天。

據說澎湖人當天到台北或高雄辦事，然後就回去很正常一般。但是，台北的澎湖人當天來回澎湖就很稀有了。

土地公祠、城隍廟、以及觀音亭，昨天都有去參拜，望著神明，心中不知道該祈求什麼。突然回來是因為九十四歲的奶媽，突然急診住院了。而且因應疫情，加護病房只有早上十一點到十一點半可以探視，躺在病床，使用著呼吸器的奶媽，並沒有意識到我來了。這應該是五十年來，第一次她沒有看著我溫暖的說：「回來了！」

有時會想，自己的確比他人幸福。有愛我的奶奶、外婆、媽媽、伯母、嬸嬸、阿姨、舅媽之外，還有一個超愛我的奶媽。從我四個月大，從搖籃中被提到李家，我就多了一個愛我的家庭，多了奶爸、奶媽、三個姊姊以及一個哥哥。

在馬公，走進咖啡廳想休息轉換一下心情時，也很容易遇到熟人，可以輕鬆聊些近況。我總是用回故鄉，見兒時朋友、親人，來療癒自己。也不用特別約，可以找到人喝咖啡、打桌球，亦或是自己騎機車亂走，看海、看夕陽都好。

昨天佇足在仁愛路台銀前，想著從小在這長大的點點滴滴。備受寵愛不願跟媽媽回家的自己、等著奶爸從海二軍區下班的自己、想著我親生老母我陪伴她四十年，奶媽卻陪我到五十歲呢！

老天給我這麼多愛與親情、友情，也都是功課要去一一解開，很難說得明白。很多年前，我父母去世後，榮昌總監跟我說：「你還有功課，是要回澎湖送走奶爸奶媽。」沒想到，我先送走奶爸，去年也送走榮昌總監。

放的情感越深越濃，分離時也越難。親情友情都是。昨天聽了主治醫師說明與看了奶媽狀況，就覺得她似乎要離開了。我不知道要祈求什麼？是誰的解脫？又覺得自己回來是對的。在醫生與兄姊之間，扮演一個角色，我的存在應該就是這意思。有時可緩和氣氛，有時只是陪伴。

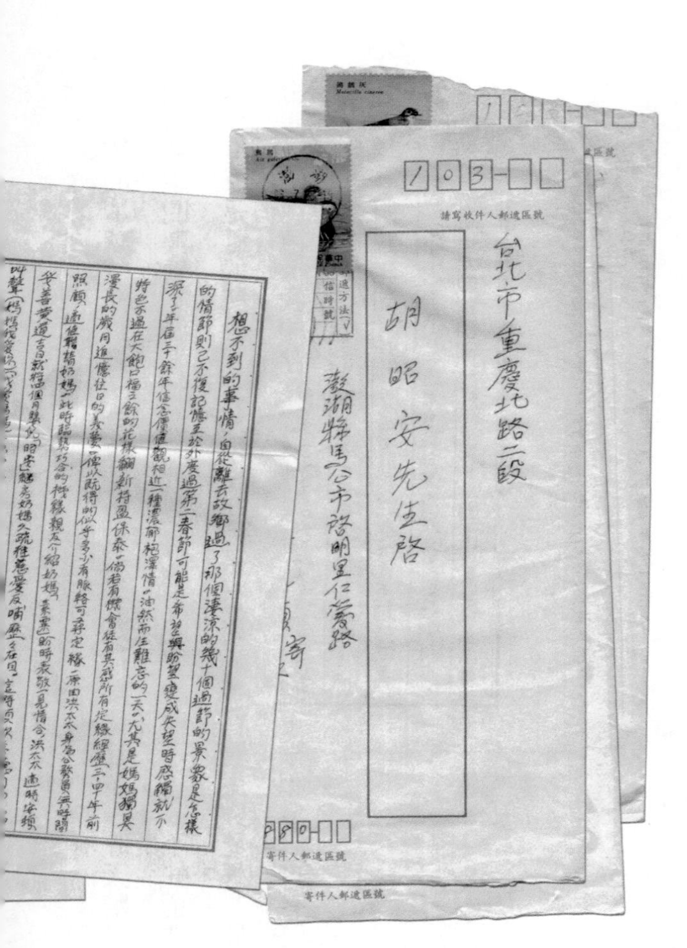

▲奶爸寄來的信

我懷念的仍然無限鄉思是家鄉情景

昭安

以外的

喜歡獨有

它一種動物

可見喜愛它

慈愛反哺長成的銜食養母

就將唱曲抱着放下搖籃

搖搖好睡覺乖乖睡眠呀

遠在二千里外家鄉一時衝動提筆就寫

時間不早了好好休眠

天鵝牌出品

水游泳浴場門起點通達至西嶼鄉看到西世第二名勝澎湖跨海大橋特乘搭機隨風破浪浮海照映

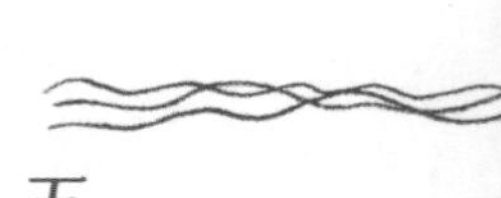

五十年情緣

奶媽離開凡塵俗世的這個月，我大約搭乘台北捷運十一次，搭了八次飛機航班來回台北澎湖，公車加上計程車的次數比飛機還少。

很多的緣分，牽起我與李家的五十年情緣。民國六十年我出生時，奶奶年邁無力照顧當時最小的這個孫子。媽媽人脈廣，在馬公東甲大溝頂的另一邊，找到一位李太太。剛好她們家最小的女兒也小學畢業了，有時間在照顧一家老小之外，可當褓姆兼顧家庭。就這樣，我在離老家不遠的另一個老房子中，享受了上至阿公，下到哥哥姊姊的關愛。

可能絕大多數人知道我反博弈。可是，這理念在形塑之時，也跟奶爸奶媽有關。二〇〇九年第一次博弈公投後的隔一天，《自由時報》第二版出現一張照片，標題是：「澎湖人拄著拐杖、坐著輪椅，都要出門投下反對博弈的一票。」最妙的是，坐輪椅的是我奶爸，後面拄拐杖是奶媽。她們去中正國小投票時，被記者拍下這歷史性的一刻。

後來，反賭的師長前輩們，想成立一個永久性的組織來保護故鄉，就開始募款，以五百萬基金為目標。這就是「海洋公民基金會」的濫觴。我原本只想用父母遺產的一小部分，捐款支持來幫忙成立。後來，因為國中同學吳雙澤的熱情努力感動之下，也投入募款行列，才在所有愛澎湖、愛海洋的朋友大德支持之下，在二〇一三年募款到五百萬，可以備妥文件送主管機關環保署申請成立。我也因為募款有力，連續被推舉擔任了三屆的「海洋公民基金會」董事長。

這些生活中的感動或是善緣，也在奶媽往生後持續發展。上星期日中午搭飛機回澎湖，是為了參加告別奶媽的藥師寶懺佛事與入殮儀式。因為藥師佛經經文較長，所以法師體貼的分為兩段來進行。我下機趕到菊島福園時就剛好師父來開始帶頌經。中場休息時，師父竟然叫出我的名字。我本來以為是因為我的名字也印在訃聞上的原因。後來才發現，帶領佛事的是妙雲講堂的德行法師，我們是反賭的盟友，之前卻從未面對面談過話。法師還說他都有關注我臉書的發文。

奶媽生前，每次都問我回來做什麼？我如果是全家回來當然就是探親訪友或跟「混障綜藝團」出任務。如果是自己回來開會或領獎，就是當天飛機往返。每次都覺得可以讓奶媽看到我，我也跟她老人家握握手、講幾句話。幾年前，她還會要求我到台北一定要給她電話報平安。忙碌這些澎湖的事，讓我賺到一年回澎湖看奶媽好多次的機會，也算非常值得。

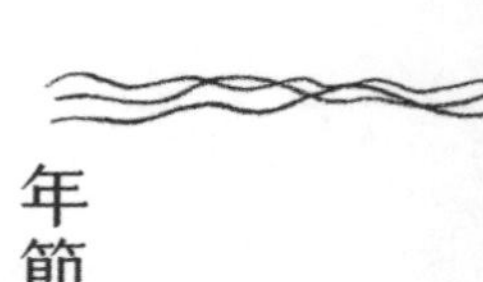

年節有感

父母親不在之後就覺得過年沒什麼年味了。

小時候在澎湖的過年非常有意思，記憶中都是從農曆的十二月二十四日慢慢進入高潮。送神的這一天要點香祝禱，告知神明要清理佛龕。傳統上，這件事只有男丁能做，所以大約在我上了小學之後這個工作就一直是我在執行。當天大多是晴天，一早媽媽會叫我去清洗三樓半屋頂的水泥水塔，清洗過程要先用力把一個四方形的水泥蓋子推開，再爬進水塔裡用刷子把裡面的青苔、汙垢等等髒汙用力地來回刷洗乾淨之後再把水放掉。整個水塔清洗乾淨之後再重新把地下井水打上來。這是全家洗澡、洗衣服、洗碗的用水，非常重要！

接下來是除夕前一天晚上十一點的拜天公。每年這一天一到傍晚，媽媽會催促每一個孩子都先去洗澡，她則是去美容院洗頭髮。接下來就是把一樓到三樓所有門窗上的舊春聯撕掉（這也是只有男丁能做），然後再依序從屋頂往下貼上新的春聯。除夕子時開始拜天公，這是感謝玉皇大帝一年來對一家人的照顧。祭祀桌上會擺放全家大小分頭準備的鮮花、兩顆小鳳梨、一個圓圓的紅豆年糕、春花、三碗小湯圓、五種水果、六樣乾料。焚香祝禱感謝玉皇大帝之後，要燒特別的天公金給玉皇大帝（因為玉皇大帝位階最高，祂有專用的金紙），燒

完金紙之後就放鞭炮正式展開新年假期。

除夕的下午，媽媽會準備好幾道菜，然後帶著我們全部的孩子回到民權路老家的三樓和大伯五叔兩家一起祭拜祖先，不只是感謝祖先這一年來的保祐，也讓祖先吃一頓豐富澎湃的。拜拜完後，我們才回到光復路的家吃年夜飯。媽媽的重頭戲是從櫥櫃中拿出四個珍貴的大清龍銀（大約是直徑五公分的銀幣）置放在火鍋周邊。因為一年只拿出來一次，顯得特別有儀式感。吃完年夜飯，爸媽會發紅包給我們，在其他親戚朋友的家裡，都展開熱烈的博弈活動，只有我們家不准，只能全家一起玩接龍或撿紅點，真算得上是澎湖的奇葩家庭，就這樣一直撐到十二點之後才去睡覺。來台灣後，我跟同學說我不會打麻將，全班無人相信。

大年初一的早上，媽媽會煮好六株帶根的菠菜，說是傳統習俗一定要從菠菜的葉子到根全部吞下去，才能夠健康、長命百歲。接著就翻出農民曆計畫出門要走的方向與順序（其實這在農業社會本來是每天必行的），把拜年與拜拜的路徑規畫好後選擇吉時出發。而每年必定會去的點就是觀音亭、城隍廟、土地公祠、奶媽家、外婆家、小中家。

數十年後，我與大哥都在台北工作，變成爸媽來台北跟我們一起過年。送神、祭祖、年夜飯仍然照常，但是大年初一就沒有辦法像在澎湖那麼輕鬆地走幾步路就遇到親朋好友寒暄拜年。我還是會依照吉時，往農民曆上寫著福神或喜神的方向帶媽媽走一圈，然後再開車載爸媽到內湖山上的碧山巖或是恆光禪寺拜拜，讓她們有類似待在澎湖過年的感覺。小中爸媽後來也搬來台北，所以每年初一，有時是我們家去他們家拜年，有時是他們來我們家拜年。

父母親過世的前三年媽媽的身體已經很衰弱，常跑醫院急診，但是媽媽的意志力非常堅強，都有辦法讓她自己在除夕的時候跟大家一起吃年夜飯。在媽媽走前連續三年的大年初一，總是會到三總急診處報到，但她在經過治療後一定會強忍著身體的不舒服，堅持回家圍爐過年。

父母都不在之後，現在我與大哥依然輪流執行送神清龕的工作，也還是一起拜天公，除夕下午一起祭拜祖先與父母。有時跟大哥一家一起吃年夜飯、有時會到新店陪岳母，或著是我們一家三口自己回家吃飯沒有特別的活動或安排。簡單很多也少了很多的年節味。

年節感隨父母而逝，雖然我與大哥現在還是依照媽媽手諭，按時節在特別的日子祭祀，我們也不敢期待大哥兒子還能夠按照我們所做的繼續傳承下去，但總覺得母親既然生前有交代，我們就應該做到做不動的那一天。

每當備好祭品，清香焚起，我就覺得回到小時候，母親在旁叮嚀，不停地派工作給我。不知不覺中，這些拜神祭祖的程序已經變成我身上的一部分，也好像母親就一直在我的身邊，未曾遠去！

壞脾氣

每次看著妳躺在床上大哭大叫，
我實在也很難說甚麼，
沒耐性容易生氣又不好哄，
妳的脾氣呀，
真的是我的女兒無誤。

我的急性子與壞脾氣

從小似乎就一直存在的壞毛病，大部分人也許沒看過，也曾經被長輩形容EQ很高，但是我覺得那是兩回事，應該是受過教育與母親的嚴格要求後，不得不在外人面前保持好狀態。

舉個例子，我會常常自己開車時生氣。因為方向感好且路又記得多，只要開錯路或開過頭，我都會立刻暴怒罵髒話，怨恨自己怎麼可能沒有選到最方便捷徑。結果因為自己個性急且不願意遲到，常常即使開錯路，還是比他人早到。處理文書或電腦時，也常常對著辦公室突然罵髒話而嚇到路過同事。後來避免部分情況發生，我花錢請了每天來上班半天的助理，她會幫我處理繁瑣的文書與電腦工作，而我花錢買到自由不受拘束的時間。

至於壞脾氣，受苦最多的是家人，特別是老婆。據說我翻臉比翻書更快。根據自己的觀察，最容易引發自己爆點的是被打斷原本開心的狀況。例如，正在開心吃飯，有人無意的打斷；例如，正在開心打球，有人不識相的影響；亦或，小孩睡不好間接影響自己睡眠狀況……。我會瞬間變臉，罵出如雷吼聲！以前會摔遙控器與打小孩，至少這兩件蠢事現在不做了。

我自認為是能吃苦的人，也能接受孩子的與眾不同，我也不會因為擔責任而喊苦。但是，其實當事多繁雜時，也許自己就更常發脾氣了。

老天爺也一直在訓練我，常常給我要非常耐心才能完成的工作，或是要耐著性子等待與調整的案件。幸好五十年來，大部分天上交付給我的任務，都有達到及格六十分以上。最對不起的是我的妻子，她常常首當其衝，要承受我突發的髒話與飆罵，雖然其實我是在罵自己不是罵她。生氣之後，我會自己去便利商店走走轉換一下。女兒可能因為太像我，才這樣愛出門，可能也是要藉場景轉換情緒。

我在廟寺裡，常常都是祈求神明讓我有足夠智慧來面對每一個挑戰。年近半百，也許應該跟菩薩商量一下，調高修身養性的比例，如果有機會的話。哈哈！

好人緣

好啦，其實妳知道爸爸要說的是：
「我有很好的女人緣。」
不過啊，高中之前
爸爸其實都不敢跟女生說話呢。
後來變成這樣都是爸爸努力練出來的。

長輩緣與女人緣

從小我就是一個倍受長輩疼愛的孩子。雖然母親從來不想讓我覺得我是老么就可以享有特權，怕我恃寵而驕。但是，我真的是有比較特別的命運。哥哥姊姊都是奶奶帶大度過幼兒時期，只有我還有奶媽奶爸，等於多了一分親情與照顧。我出生之前爺爺已經過世了，奶奶、外公、外婆、叔公、姑婆甚至民權路老家附近的鄰居阿婆都很疼我。在奶媽家被撫育長大，他們最小的女兒還大我十二歲，所以除了多了一分父母的愛，還多了好幾個疼愛我的哥哥姊姊。

因為我們家族兩代爺爺與大伯都是從事眼科醫療，大伯因而也希望這一代的胡家人一定要出一個正牌的醫學系學生，所以他逼他自己的孩子都要念自然組，考醫學系。後來他發現離這個夢想最接近的可能是我，甚至在大學聯考放榜後，打電話到家裡勸我媽媽讓我去台北補習準備重考。喜歡自由自在個性的我，當然就委婉請媽媽拒絕大伯的好意。大伯當時有一台很拉風的王牌135，每次我放寒暑假回來他都借我騎。他也會請我吃飯跟我聊聊胡氏家族的種種歷史，所以我對家族的了解其實不是來自父親而是來自對我特別關愛的大伯。國中時，本來媽媽是求助西醫來治療我的過敏性氣喘，甚至週六我要一個人搭飛機來台北看醫生。大伯知道後，就叫我媽不要再浪費錢，而是要求我暑假的每天早上到觀音亭海邊報到，要我用晨泳來鍛鍊自己。

我問奶爸，為什麼每次都被我騙，我其實明明沒有走不動，他卻願意常常背我，他就笑而不答。國中之後因為開始補習，功課較忙，如果我一兩週都沒有到奶媽家去，奶媽奶爸甚至會在晚餐後去買熱騰騰的肉圓或是排骨麵，然後走路送到我家來說要給我當宵夜。

媽媽那時在電信局工作，有一個年紀比媽媽還大住在西衛的輪仔阿伯，因為媽媽從進電信局當工友就很受這位大哥的照顧，後來他也變成我們一家人的好朋友。西衛在當時還是一整片的矮小平房與農地，每當花生或是番薯收成時，輪仔阿伯就會邀請我們這些市中心長大的孩子一起到田裡體驗農活。我最期待的就是忙完之後阿伯會去拜託鄰居的農夫把牛車跟黃牛借給他一下，我就可以坐在牛車上面，阿伯就在前面駕著牛車，緩慢地繞西衛一圈兜兜風，這也是兒時唯一且美好的搭乘牛車的回憶。

我也都跟同學的爸媽感情很好，例如最好朋友小中的爸爸，他是來自河南舞陽的退伍軍人。巧的是他與奶爸同年，民國十二年次，屬豬，大我四輪。因為我小學放學後常去他們家鬼混，所以也常跟小中爸爸聊天。這些年輕就被迫離開故鄉大陸的老兵們身上有著很多說不完的故事。很多同學的爸爸都來自不同的省分，聽多了也就漸漸能夠明白他們鄉音裡的鄉愁。

雖然我擁有這麼多的長輩緣與眾人的愛，但是我的人際關係有一點一直無法突破的，就是我不太敢跟女同學說話。國小六年幾乎不太敢跟班上女生攀談。上了國中之後才開始仔細觀察班上的女生，並產生暗戀的情愫。我記得坐我旁邊的女生功課很好也很漂亮，但是我連要如何開口跟她聊天都不會。回到家裡絞盡腦汁後，鼓起很大的勇氣才敢跟她借錢或借自修，因為借的時候可以講一句話，還的時候又可以說聲「謝謝」。這樣尷尬的情況一直到國三的時候，我又下定了另外一個決心，就是一定要突破與女生說話的心防，期待自己能夠輕鬆地與女生聊天。經過深思熟慮之後，我決定要找一個女同學願意陪我練習。環顧四周女同學，有一個女同學從國小一年級一直到國三都跟我同班，按照道理應該很熟，可是她看起來好兇，我怕被她罵，不敢找她。後來發現坐在我右後方的一個女生總是面帶微笑，心想著就是其實我們這屆59～60屬豬屬狗的澎湖同學最幸運的就是從小學、國中到高中都能男女合班。上了澎湖唯一的馬公高中後，雖然有少部分同學到台灣讀書，但是在高一時，我們就有機會認識其他離島與鄉鎮來的同學。國中畢業考高中時，我很幸運地考了全縣第四名，加上前面講的因為長泳體格變得較健康強壯，人也比較有自信，高一下學期又當了人生第一次的班長，那時候就感覺狀況很好，人生就要起飛了，幸運地我開始了初戀，雖然維持不到一年卻是心中永遠刻骨銘心的回憶。高二開始，馬公高中重新開放社團課，幸運地我成為撲克牌魔術社的創社社長。除了讀書補習之外，我都在練習魔術。另一方面，很栽培我的薛光豐老師從高二起也訓練我參加辯論及演講比賽，做這些魔術與說話的練習時，其實我的人生已經慢慢在改變，我已經從一個害羞內向的人慢慢走到人群前。以前可能對著一個女生說不出話來，高二下學期之後，對著三千人的場合我也能夠侃侃而談，抒發己見。除了人突然爆紅之外，另外有個好處，女生會來主動跟我說話。我也慢慢學習如何跟女生相處與保持禮貌距離。媽媽雖然有觀察到我的個性與行為改變，但是因為我都有達成她對我的成績要求所以她也睜一隻眼，閉一隻眼，或者是我猜她根本也不知道要怎麼對付這個突變的兒子。我開始有了好幾個女生好朋友，可以談天說地，雖然主要還是我在講她們在聽。本來想要全力衝刺考大學，雖然不知道能考到台大的什麼系，但是總覺得我所喜愛的動物、植物、昆蟲、獸醫、畜牧……拚一點一定可以矇上，後來不小心高三上又交了第二個女朋友，也在驚濤駭浪中，邊讀書邊約會，最後考上獸醫系。

第二次戀愛比第一次戀愛維持久一點點，大約是一年半。高中三年真是我的人生巨大蛻變期。我也慢慢磨練出與女性這種動物的相處之道。大學階段我已經可以觀察出女生的喜好，也知道什麼事情會讓她們開心，什麼事情會讓她們生氣。服役退伍後，第一個工作是動物用藥的行銷，職場遇到的全是男性，只要跟他們聊天喝酒就可以交朋友。二十八歲開始在南山人壽從事保險業務後，慢慢體會要成交不同性別、年齡、職業的客戶時，打動她／他們的關鍵都不一樣。

不管是長輩緣或異性緣，都是重要的好人緣，重點是怎麼讓長輩與異性看到我們真實的優點。能夠有好人緣絕對不是靠經營來的，而是應該讓自己變成一個更好的人，有讓別人願意親近的特質，自然能廣結善緣，人生道路開闊寬廣，存好心做好事說好話，就能使我們的人生變得更圓滿美好。

酒與我

「詩萬首，酒千觴。幾曾著眼看侯王？」一次扶輪社的旅行，在苗栗華陶窯的紅磚牆上看到磚燒的文字，心中非常感動，很像是自己心聲。雖然，自己並無法背出百首詩，也無法千杯不醉。

小時候不知酒的滋味，只會覺得酒是胡爸爸的說話開關。平日對我們木訥的他，如果有好友來到家中，海鮮有什麼不重要，老爸會先準備好酒。兩杯酒一下肚，老爸聲音開始宏亮，開始指揮媽媽或我再去買些什麼或叫什麼菜。等到他退休來台北住時，我也會在帶他出去玩時，幫他找兩個酒友；家庭聚餐時，常常就是我們夫妻陪他喝啤酒。

自己有印象的第一次喝醉是在高中的謝師宴。不停的和老師與同學乾杯，然後去廁所吐回來又喝。讀大學與當兵時，因為都騎摩托車與省錢，喝酒的記憶不多。真的開始喝酒就是出社會了。我記得很清楚，去動物藥品公司上班第一天中午，一桌十個主管喝了五十瓶台啤。後來換了工作，一直在台北從事保險外勤，其實並不需要應酬，但是認識朋友越來越多。小時候的同學、當兵的同梯、老同事、社團的好友……都有愛喝酒的同好，也都愛找我。就慢慢的，有時中午也喝，有時晚上也有扶輪飯局……就漸漸胖了起來。根據老婆的觀察，我喝醉時吃更多。就這麼在二十年間吃吃喝喝膨脹了二十五公斤。

如果問我是很愛酒的滋味嗎？那也未必。喝多了會知道好壞，有時餐會提供的酒也並不是很好。應該說，我很喜歡那種人與人的氣氛與情感，透過酒精的催化，小學同學讓你變成小學生，當兵同梯讓你變成二十歲，扶輪社友一舉杯都變成大學生。我的酒友中，最大年紀近八十歲，還能啤酒一杯一杯乾杯。最常喝的是一瓶在餐廳賣六十到八十元的經典台啤，便宜又好喝。也常常在酒友家開一瓶市價四五千元的紅酒來喝。除了在外面與朋友喝酒，我也陪我的叔叔舅舅喝酒，在家也陪老婆喝酒。

除了脂肪肝之外，目前肝臟的健康狀況還算良好。疫情之下，少了外面飯局，真的也瘦了兩公斤。如果飯局恢復正常，我下一個要學習的應該是怎樣吃少一些，哈哈！

我的父親、我的岳父都能飲酒。很多長輩前輩都喜歡我陪著喝酒。我想也許是酒的功能吧！飲酒後的胡說更流利，氣氛更熱鬧。為了有體力能繼續飲酒，我也一直有運動習慣。到底是運動後喝酒爽快？還是喝酒後趕緊運動解酒？已經搞不清楚。

幸好到目前為止，我都是開心的喝酒，心情不好時還不太喝得下。古有竹林七賢，天天在竹林中飲酒清談避世。我沒那麼有學問，也只想喝酒時與朋友促膝長談說真話。有時推著女兒的特製推車散步，我手上也會拿一罐啤酒，這也是女兒陪伴我的方式。

配合篇頭文字，再分享同是宋朝朱敦儒的詞：「幸遇三杯酒好，況逢一朵花新。片時歡笑且相親，明日陰晴未定。」來一杯，我的好友們！

台灣啤酒

我的人脈與人緣

據說，我有很好的人緣，大概可以從臉書（Facebook）反應出來。我在臉書有快五千位朋友，而且幾乎大部分的朋友都可看出脈絡，並不是陌生人。有故鄉澎湖群島的親朋好友、扶輪社十多年來認識的前輩好友、從小到大各階段同學同事、客戶……。光是七月這兩週，有兩則貼文超過六百個讚，朋友都說貼文標註我是增加「讚」的最快方法！

我可能是熱心分享也愛認識新朋友，很喜歡介紹人與人產生新的連結。我喜歡在臉書或 Line 上先認識新朋友，再見到本人時常常一見如故。透過這兩個應用平台，真的讓我連結人的速度又增快不少。

生活中難免有些煩人的事，或是進展不順利的計畫。這時候，通常都是我做一些牽線連結，介紹生意給朋友、或是單純介紹有同好的朋友認識，來舒緩自己的煩躁，或是分散自己的注意力。別人可能可以選擇的活動很多，我們夫妻因為緹仔有很多時間是待在家裡，造成我個人在網絡上的時間很長，掌握即時需求與訊息比他人快一些。

所以比如說，曾經有好朋友想捐贈復康巴士、澎湖的學校剛好有缺經費辦學、有善心人士想捐書到偏鄉、有大好人捐贈羽絨衣等等。

我就會在自己的人脈網絡中尋找，替想捐贈方及受贈方，想辦法搭起橋梁。扮演這種角色時，得到的快樂超越其他所有事。

自己一個人其實力量很小，我的最大資源財庫就是我的好朋友們。一路以來，做這些別人眼中多管閒事，或是吃力不討好的工作時，有時也會有挫折。但是，總都會有幾個懂我的關鍵貴人，支持我、援助我，完成一件又一件的困難工程。反正我也不是考量自己利益，只是期盼能促成好人好事。

透過恰巧的機緣與一些好友們的慷慨，有一輛復康巴士在澎湖服務身心障礙者，另一輛在台南山區奔馳。有鄉下小學更新了桌球設備、樂隊比賽制服、課後輔導教材、燈具……。有些好友被我引進扶輪社，也即將成為扶輪社社長。

期盼有更多善心與好意的連結，把身邊的人繼續串在一起，成就一些美好利人的幸福！

我的社團履歷

如果以頭銜來看，我的經歷實在嚇人：NGO董事長、同鄉會副理事長、扶輪社前社長、校友會理事、保險公司外勤經理、好幾個顧問職……。但是跟一般大家想像的有錢有閒者、熱心社團交誼並回饋社會家鄉，自知程度還相差很多。在扶輪社遇到一些大老闆，才真的是實力雄厚，每年捐款金額嚇人，關懷社會各個角落。

我來回想一下，求學到現在的社團經驗好了。高二時，馬公高中開放社團，我幸運地成為撲克牌魔術社的創社社長，只要認真學魔術即可。後來被指派到澎湖救國團，成立馬高與水產兩所澎湖高中職社團幹部為主要成員的「三民主義研究社」，應該算是社團歷練的開始。每個星期六下午，我們都在救國團辦活動，有課程、比賽、研習、舞會……。幸運考上台大後，我參加建言社訓練口才、參加土風舞社學習土風舞、參加民初學會營隊學習議事規則。但是，都沒有成為社長或核心幹部，可能跟上大學初期，常常心神不寧，不知前途茫茫何所往有關。

畢業後服兵役，然後開始從事跟獸醫相關的動物用飼料添加劑行銷。兩年半後轉職保險公司，幸運的在四年後，成為南山人壽的區經理，收入慢慢穩定。但是又因為要分配時間照顧與陪伴女兒和爸媽，事業成績發展平平，只是一個收入還不錯的保險業主管而已。真正的突破點，應該是三十六歲參加「台北市仁愛扶輪社」之後，我慢慢觀察欣賞到大家如何經營事業與生意、怎麼做人處事，居高位且虛懷若谷，怎麼賺錢可能是一種技術、怎麼捐錢也可能是一種藝術。

我慈愛的父母，在民國一百年相繼過世後，他們有留一些財產給我。我自認自己賺錢能力還不錯，而且我也不需要遺留金錢給我重度腦性麻痺的女兒。我越來越捨得捐款，也一直在思考，怎麼讓父母辛苦存的錢有最適當的去處。所以當我有機會幫忙募款成立澎湖第一個環保類基金會時，我本來是想募不足的部分就自己貼了。幸好我們的行動感動了很多人，我又因為募款能力被董事們推舉為董事長，至今做了八年。二〇一六年七月，上任仁愛社社長後，因為常捐款，隔年申報所得稅時發現自己捐款遠高於可扣抵額度，認真想通了一點：「金錢只是完成責任的工具，並不需要全部拿來享福。」想想受人尊敬的陳樹菊女士，可能是捐出她所得的百分之九十。我們每年在需要的角落，捐出收入的百分之二十以上，大概也不及陳樹菊阿嬤的一半。

當錢捨得捐的時候，很多事情就變得簡單。人生最大的成本是時間，金錢其次。所以，在人群中、在團體裡，我只是能捐出我的一些時間與金錢而已。我這樣做之後，發現日子很愉快，也沒吃得比較差，還常常有人主動關照我。所以，職務就一個一個找上我。只要是對澎湖好的、對環境保護與弱勢關懷有貢獻的，就繼續貢獻一己之力。

樹大招風，難免也有對我批評指教，我都不煩惱。人生最難的事，照顧渝緹第一，其餘沒什麼。願意捨得付出，讓我能自在在人際間優游，如此而已。

平常家庭的平凡生活

雖然妳很特別，
但我們也是跟大家過著差不多的生活，
全家一起散步吃飯追劇喝酒，
我們家超團結的啦。

日常的家庭娛樂

大家知道我喜歡打桌球，女兒喜歡看社區歐吉桑們桌球嘶吼吶喊。另外我跟女兒喜歡趴趴走，從社區附近到碧湖大湖公園都是我們散步地方。還喜歡國內開車旅行、回澎湖走走、去日本旅行……。但是由於緹仔的身體狀況，她無法任意移動自己，所以我們在家時間還是比一般家庭長。光是她每餐前要拍痰三十分鐘，一天要四次，所以每天我們一家待在客廳電視前的時間非常久。

緹媽的日常嗜好是看電影與小說，我則喜歡看動物星球頻道、日本卡通以及日本台綜藝節目。緹媽都是選一早看電影，那時只有緹仔與她在客廳，不必管我的喜好。我看動物星球頻道，是在複習動物專業也學習新知識。因為大家到現在有昆蟲動物的問題，都會第一個想到來問我。日本大胃女王相關的節目很舒壓，我也常跟緹仔一起看。還有《妙國民糾察隊》、《日本秘境有房好吃驚》、《歐兜邁冒險趣》等節目都可以看到許多日本各地風土民情、好吃好玩的地方，也了解日本現況。

其實一天時間累積，我們看最多的是各種日本卡通。從以前緹仔喜歡《灌籃高手》主題曲到《烏龍派出所》、《我們這一家》、《櫻桃小丸子》、《蠟筆小新》，到最近的《鬼滅之刃》。最近的動漫電影中，《你的名字》、《未來的未來》、《怪物的孩子》和《言葉之庭》，我跟緹媽都愛。

總時數來說，《烏龍派出所》是看最多次的卡通。它總是在傍晚重播，在晚餐前陪伴我幫緹仔拍拍。除了兩津勘吉無厘頭的誇張趣味之外，從昭和到平成時代，對東京進步與下町的文化都有很深的描畫。特別是對淺草周邊有許多兩津的童年回憶與對舊時代美好事物的懷念。上次我們家庭旅行到東京時，剛好住在淺草的飯店，一進飯店就有三社祭的神轎，彷彿進到阿兩的童年。我和緹仔每天都出去散步，竟然有一天我推著緹仔推車經過雷門五次。某天早上，大家還沒起床時，我們父女就從淺草寺所在的台東區，推過吾妻橋，進入墨田區，再沿著河岸，經過兩津與豚平和珍吉玩耍過的隅田川，再從言問橋走回台東區。好像我們父女也融入了卡通的童年時代。

最近因為疫情，在家時間更多，甚至開始看《蠟筆小新》的電影版。由於片子很多還沒全部看過，但是發現電影版不同於電視版，常常是有些導演的企圖心或是想特別突顯或讓人類反省的點，真的非常適合疫情這種時刻，放空腦子又有趣味。

因為女兒，我們看了好多電視節目。也因為電視節目，我們的國內外旅行更充滿樂趣。雖然應該不可能因為看電視成為日本通，但是這些小小的趣味陪伴我們度過許多時光。有時感動、有時開心，讓我們有精神可以享受明天的好天氣！

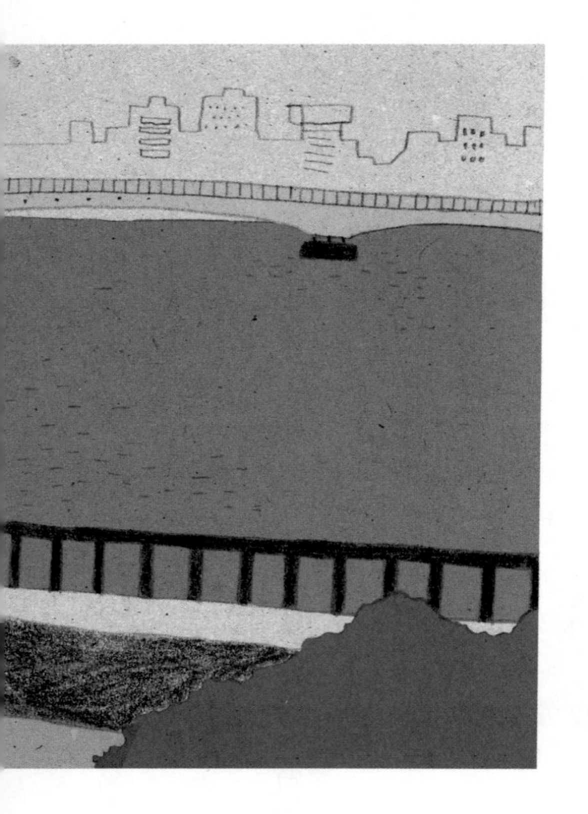

人生的勝利

我家裡有一個二十一歲的重度腦性麻痺女兒。雖然除了工作之外我也參加社團及很多活動，但是，我還是花很多時間陪伴女兒。家人的陪伴大概是我這二十多年以來花最多時間的事。父母仙逝前的七八年間，陪他們跑醫院急診化療住院；女兒在家時我們陪她，有空時帶她在推車上在社區附近及大賣場散步。這些時間都遠超過工作上班可以賺錢的時數，但是，夜闌人靜時，我很安心。賺得的錢少一點，只是物質上沒那麼享受，但是陪伴父母與孩子，卻是人生最重要的功課。妻子負擔了照顧孩子與家務的絕大多數工作，如果我有在家，她可以輕鬆點，我可以幫忙一天四次的固定拍痰、資源回收、上市場超市……。

當然，工作上的呈現就一般般，收入還可以。喜歡團體活動的我，在扶輪社同鄉會擔任職務，也在故鄉的海洋公民基金會擔任董事長。至少，這些時間我可以自己控制選擇參加的時段與日常時間分配。在社團中做些公益服務，也得到人生追求的一些滿足。

很多人賺很多錢，卻沒有健康、沒有和樂家庭，晚年才去悔恨。我想，我們家應該不會。我愛打桌球，除了不受天候影響外，也能顧女兒且讓老婆休息。我們每週回去岳母家，陪她吃飯，並且渝緹的表弟妹都能稍稍陪伴渝緹。我們的孩子雖然無法出國讀書、無法自己出門運動，至少，我們一家三口每天努力和樂的生活。孩子的重度殘障也不需要社會來負擔。不但自己照顧好，也讓家庭正常運作。最近聽到一句話：「活著就是一種勝利。」我們一家人，雖然比他人辛苦，但是還是有許多家庭比我們更難受、更辛酸。所以，不只要活著，也要顧好自己與家庭，這樣也是盡了對社會國家的基本責任。

陪伴緹姐的N種方式

1　她躺在客廳電視前的大床墊上，我們吃飯或看電視。

2　她坐在特製推車上，看把拔與社區阿伯們桌球雙打大賽。

3　她坐在推車上，把拔推她在社區附近走走，拜土地公。

4　她坐在推車上，她喜歡去大賣場裡陪爸媽購買日用品。

5　她躺在床墊上，媽媽幫她拉筋，她會哇哇叫。

6　媽媽抱著她，她陪媽媽看網路上的電影。

7　她趴在爸或媽大腿上，她灌奶前都要左右拍背各十五分鐘。

8　她因為無聊狂叫，沒有人理她，她一頭汗的持續抗議。

9 她半夜起床，生氣，媽媽幫她灌藥，再抱著搖晃哄睡。

10 她半夜起床，怎樣都不睡，媽媽只好帶她到客廳看電視。

11 她終於想午睡，媽媽趁機摟著她，一起在下午補充一下睡眠。

12 爸媽喝到好喝的酒，用手指沾著讓她也嚐一點。

13 她等出門的把拔終於回來，開門她就笑了。

14 她覺得把拔一天都沒抱她，所以一直哭鬧，直到趴在把拔肩膀才停下來。

15 白天曾經答應她要開車帶她出去溜溜，到晚上還沒付諸行動時，她也一直生氣。

16 開車載著特製推車上的緹，不下車，只是車遊，巡邏內湖地區。

17曾經在離家不遠的康寧派出所等待台北啟智學校的校車，搭了十二年。

18一起在等待校車時，看著美國在台協會從一個荒蕪山坡到現代建築開幕。

19開車載著緹仔長途旅行，在外面旅館過夜。全家人也曾經環台灣一圈。

20緹仔喜歡住飯店，常常一進飯店，讓她躺床上就笑。

21怕她搭飛機又惹麻煩，現在回澎湖都去布袋港搭船。一家人都不會暈船，她可以用推車推上客輪船艙。

22緹喜歡看把拔馬麻吃東西、喝酒。她覺得有趣。

23她不能容忍她還醒著時，爸媽有人在睡覺。她會生氣，一直狂叫到把人叫醒。

24 她喜歡回外婆家，躺在外婆家客廳地板墊子上午睡。

25 她的高大表弟定定，會拿著手機，跟緹仔躺著說話聊天。

26 她洗澡時，是爸爸先洗之後，媽媽把緹抱給爸爸，爸爸蹲在浴缸中，讓浴缸外的媽媽替她洗。

27 她剪頭髮都是媽媽剪的，爸爸不管這檔事。

28 她每天都要吃輔助睡眠與鎮定的藥，錠劑都是把拔一顆顆磨成粉，包好藥包。

29 她小時候曾經一直哭鬧不休，被爸爸打過，後來她爸金盆洗手，決定不揍她了。

30 她偶爾也願意安靜躺在大床墊上，讓媽媽洗碗、打掃、洗衣服。

31 她看桌球時，不喜歡選手太安靜。她喜歡激動的會叫的打球阿伯。

32 緹爸也常常用澎湖的二崁傳香，點燃後讓香味幫全家淨化（家人、推車、衣服）。

33 推她出去散步時，不能停下來太久。進去便利超商買啤酒可以，不能停下來喝，邊推邊喝可以。

新冠冒險記

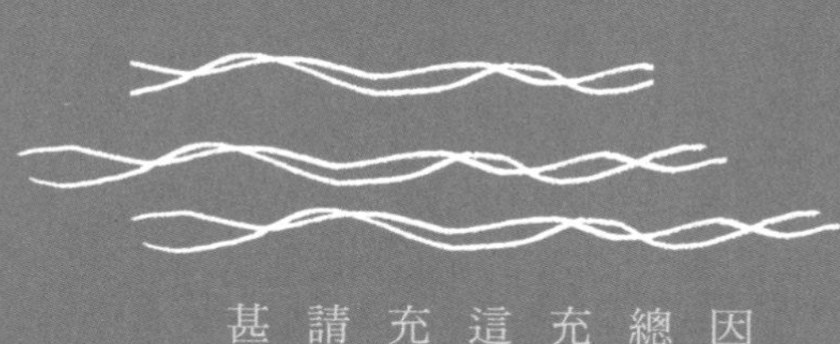

因為妳的特別，
總是能讓我跟媽媽的生活
充滿了很多的不確定，
這也讓我們在疫情時候的生活
充滿了挑戰跟冒險，
請妳跟媽媽放心，有爸爸在，
甚麼都不用怕！

新冠肺炎三級警戒

停課十六天了。

似乎回到渝緹小時候當學生時期的暑假。二十一歲的女兒配合防疫已經兩週沒有推車出去散步，頂多坐在她的特製推車上，然後我開車載她出去兜兜風不下車。緹仔因為極重度的腦性麻痺，不能坐、走路、說話，但是智能與情緒又表現的像個愛玩的小女孩。所以照顧她的辛苦，一個是來自體能，一個是要有情緒管控。她睡得少，都要藥物輔助。每天要從胃造口灌奶四次，進食前要拍痰半小時，常常要抱。

她很愛玩，喜歡下樓看爸爸與社區阿伯們打桌球，喜歡出去散步，喜歡旅行。

疫情之下，她的玩樂減少，她也無法像大人一樣吃零食、看書、看影片。所以情緒起伏更大，常常起床就生氣，發脾氣的頻率更高。她會用哭聲、叫聲來宣洩不滿。如果不理她，連續叫一小時也不會停。爸媽如果抱她一下，緹仔會安靜一點。因為緹爸一週還是要去公司幾天，每次幾小時處理公務。緹媽就更辛苦，要二十四小時陪著女兒，還要操持家務勞動。緹仔其實比爸爸辛苦，她老爸可以離開家裡，雖說是買食物上班，但也是一種情緒轉換紓解。緹媽則是用電影、看書，來調適自己。緹仔個性比較像把拔，想要常常轉換場景。不能被爸爸

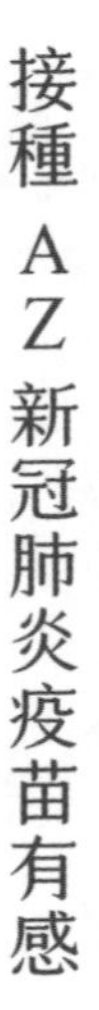

接種ＡＺ新冠肺炎疫苗有感

我們一家三口，一開始本來也沒有要施打新冠疫苗的念頭。自從五月十七日台灣疫情大爆發三級警戒之後，才開始認真思考要怎麼打？誰該先打？渝緹因為在身心障礙者日照機構日托，所以之前中心就做過調查施打意願。緹媽對女兒的狀況總是深思熟慮，想到緹仔雖然已經二十一歲，但是體重只有十一公斤，沒有專業醫師評估，我們實在不想冒然給她施打疫苗。

然後隨著疫苗增加，官方也在七月六日開放一九七一年前出生的國人也可上網登記。那天我記得我睡得很晚，沒有打算出門上班，起床後就陪著老婆緹仔看電視上的新聞。當「唐鳳」一說可以上網預約施打意願時，就立刻拿出手機，先幫自己登記到三千多號，再幫緹媽登記到九千多號，雖然序號不代表施打順序而是照年齡，後來網站登記累積上百萬人次時，自己也非常佩服自己的眼明手快！

七月十三日早上，緹媽與我都在早上十點多收到簡訊可以上網預約施打。這一天因為我先開車去公司，無法即時上網預約，後來就沒有像登記意願那麼順利。我是中午回到家，一直無法進入健保快易通的公費疫苗預約系統，我只好從下午一點到三點一邊上一個網路課程，一邊預約，直到快把手機按壞才預約到。因為動作太慢，內湖附近只剩七月二十日之後的日期，我就先預約自己七月二十晚上在離家最近的診所施打，然後幫緹媽預約七月二十二日。因為要考量緹仔在家，不適合選太遠地點，也怕副作用不舒服影響照顧女兒。

疫情不斷持續，造成緹仔日照中心暫停，我們已經在家上課上班兩個多月，在緹仔還無法確認能否打疫苗之下，爸媽先有免疫能力也是最好的方法。

七月二十日下午照平常的時序，我還幫女兒拍痰、緹媽煮了晚餐。吃完晚餐五點五十，我就照預約時間六點前往附近的小兒科診所，填寫病歷與問卷後，醫師還詳細問診。在六點二十六分打完人生第一劑

AZ疫苗。護士要我休息到六點四十一分沒有不舒服才能離開，並且醫生還開了解熱鎮痛劑與消炎消腫兩種藥。

回家後一直到睡前，都沒有特別感覺，直到凌晨兩點半，睡在床上的我突然發抖，知道自己應該是要發燒了，也不敢驚動老婆，輕輕的移動到客廳，整個人不停打顫。上次有這種突然燒起來還發抖的經驗好像是三十年前了。趕緊吃了解熱鎮痛劑，然後坐在沙發上等藥效發揮。女兒可能察覺把拔異常，凌晨四點半也起床不睡。後來自己比較舒服後，凌晨五點還開始幫女兒拍痰，又跟緹媽展開照顧女兒在家的一天。燒退了之後，從小腿往上都很酸痛，斷斷續續補眠，直到下午之後，身體才慢慢恢復正常，可以慢慢打字。

別人家打疫苗，可能只在乎哪個廠牌。我們家，一切思考都要配合女兒，而且兩天後緹媽要打疫苗，颱風又來攪局。緹仔則是要八月問台大醫生後再決定。真的是很奇妙的疫苗注射之旅。雖然沒有像網路說的嚴重到像被車子輾過，但是這樣的發燒酸痛感覺，也是要感恩自己是真的打了疫苗，而且免疫系統真的有運作起來。

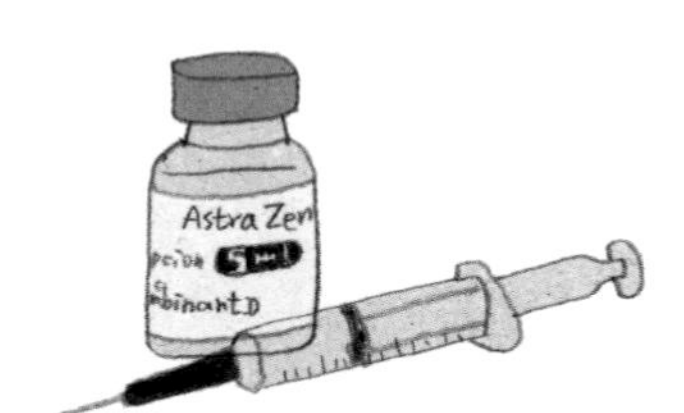
Astra Zen

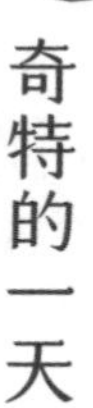

奇特的一天

每年固定捐全血五百西西三次的我，都會在生日之後去捐第一次。因為捐血中心計算年度是從捐血人的生日開始，捐五百西西要間隔三個月才能捐下一次。要維持每年可以持續最大量捐血，大約就要維持這個規律。我也習慣在台北車站的捷運捐血站捐，交通便利。

今天捐完血開車回家路上，就發現手機收到一九二二的簡訊，通知可以預約新冠疫苗施打。本來心裡覺得很開心，沒想到回到家開始預約時，已經網站大塞車。只好先幫女兒拍拍痰，一邊使用手機不斷嘗試，但一直無法進到預約頁面，而且老婆已經忘了登入密碼，更是一直卡住。兩個人本來都收到簡訊通知的喜悅，都被無法成功預約而煩躁不已。

緹媽餵完女兒午餐後，準備開始午睡，我則是要上一個兩小時網路課程。一邊上課，一邊不斷操作手機，終於我先在下午兩點十四分完成預約疫苗。緹媽午睡醒來後，也在下午兩點五十分左右完成。為了怕有副作用影響照顧女兒，我們施打疫苗日期還間隔開兩天。女兒的身體特殊，我們還沒問過她主治醫師前，不敢幫她安排疫苗，但至少我們先打也能保護她。

晚上打完球後，我又載一家人出門遊車河，順便去使用醫療用品行給我的生日消費折扣二百元，幫寶貝渝緹購買一箱小安素，這是她最常食用的食物。回到家才發現，匆匆出門時大門竟然沒有帶上，好在電梯有管制，沒有人出沒。

今天真是驚險的一天。最棒的是，在離家最近的診所預約了下週的疫苗施打時段，也完成年過半百之後的第一次五百西西全血捐出，並且在期限前使用了壽星二百元抵用折扣，最後晚上雖然粗心沒關上大門，也幸好沒事。說奇特，也是日常，誰叫我們生活在這麼特別的時刻，一家人又這麼緊緊相依為命！

女兒的願望

現在疫情三級警戒期間，女兒平常上班日白天去的身心障礙者日照中心也暫時停止，所以，我們一家三口，一週七天一百六十八小時都在一起。中間當然我有時會自己去公司兩三小時，還有出門去買菜買食物。以前暑假的時候，我們會去大賣場吹冷氣兼逛街，家裡附近的大潤發家樂福輪流去。可是新冠肺炎流行後，因為渝緹無法好好戴著口罩，連大賣場也去不了，當然也無法像以前一樣，在住家附近社區散步。

渝緹因為體況的關係，常常睡眠品質不好，緹媽會把太早起床的女兒帶到客廳，讓我再睡幾小時。所以，我每天都是被女兒在客廳的叫聲，或是她不配合緹媽吃奶弄大便，大人小孩一起狂叫之下醒來。女兒的願望超級簡單，她要大人陪她帶她出去玩。晚上看社區阿伯與把拔打桌球，是她唯一一個可以自己不動也覺得有趣的嗜好。

我們大人也會想出國旅行，但是要帶著女兒與她可能隨身需要物品都是大工程。剛剛盤算一下，在她二十歲之前，我們竟然也帶她出國七次。搭乘飛機四次、公主號遊輪三次，除了普吉島一次其餘都是到日本。國內旅行就更多了。我們自己一家人、與岳母大姨子家族旅行、扶輪社旅遊，加上回澎湖無數次。雖然也有出國一次、回澎湖一次，被航空公司刁難的經驗（因為緹仔不會坐還被要求自己坐著綁安全帶）。所以我們比較喜歡坐船，不管是回澎湖或是去日本。

最近剛滿半百的自己，一直在盤算自己在疫情後該如何調整生活。是不是該減少些身上的職務？以後多空出時間來陪伴女兒。渝緹不會自己移動自己，所以我們父母就是她的腳她的手她的駕駛與勤務兵。女兒也不會隱藏自己情緒，想生氣就生氣（這點還真好命）。

渝緹的願望就是出去玩。在家附近把拔推著散步賞花逛公園、開車出門溜達巡視內湖、國內跑透透四處旅行、到日本見識一下先進的無障礙設施⋯⋯。只要疫情一過，還是會多帶她出去玩。反正爸媽雖然累，也是一起玩耍。渝緹一家一起玩到天荒地老！

國家圖書館出版品預行編目（CIP）資料

在妳認識世界之前：先認識老爸的 33 個故事 / 胡昭安著 . -- 初版 .
-- 新北市：依揚想亮人文事業有限公司，2022.07
面； 公分 . --
ISBN 978-626-96174-0-1（精裝）
1.CST: 腦性麻痺 2.CST: 親子關係 3.CST: 通俗作品
415.936 111008000

在妳認識世界之前

——先認識老爸的 33 個故事

作者 胡昭安
發行人 劉鋆
美術設計 薛慧瑩
內頁插畫 薛慧瑩
責任編輯 廖又蓉
法律顧問 達文西個資暨高科技法律事務所
出版者 依揚想亮人文事業有限公司
經銷商 聯合發行股份有限公司
新北市新店區寶橋路 235 巷 6 弄 6 號 2 樓
電話 02-2917-8022
印刷 禹利電子分色有限公司
初版一刷 2022 年 7 月／精裝
定價 450 元
ISBN 978-626-96174-0-1

依揚想亮 出版書目

城市輕文學

《忘記書》 劉鋆 等著
《高原台北青藏盆地：邱醫生的處方箋》 邱仁輝 著
《4 腳 + 2 腿：Bravo 與我的 20 條散步路線》 Gayle Wang 著
《Textures Murmuring... 娜娜的手機照片碎碎唸》 Natasha Liao 著
《行書：且行且書且成書》 劉鋆 著
《東說西說東西說》 張永霖 著
《上帝旅行社》法拉 著
《當偶像遇上明星》 劉銘 / 李淑楨 著
《李繼開第七號文集：這樣的顏色叫做灰》 李繼開 著
《窗內有藍天：從三合院小女孩到監獄志工》 李淑楨 著
《比蝴蝶飛更遠－武漢效應的 43 種生活》 張艾嘉 雷光夏 潘源良 等著
《隧道 96 小時－邱醫生的明日傳奇》 邱仁輝 著

任性人

《5.4 的幸運》 孫采華 著
《亞洲不安之旅》 飯田祐子 著
《李繼開第四號詩集：吃土豆的人》 李繼開 著
《一起住在這裡真好》 薛慧瑩 著
《山海經：黃效文與探險學會》 劉鋆 著
《文化志向》 黃效文 著
《自然緣份》 黃效文 著
《男子漢 更年期 欲言又止》 Micro Hu 著
《文化所思》 黃效文 著
《自然所想》 黃效文 著
《畫說寶春姐的雜貨店》 徐銘宏 著
《齊物逍遙 2018》 黃效文 著
《Life as an explorer-First decade 1974-1983》 黃效文 著
《齊物逍遙 2019》 黃效文 著
《齊物逍遙 2020-2021》 黃效文 著

津津有味

《鰻魚為王》 劉鋆 著 陳沛珣 繪者